[美]劳拉·英格斯·怀德 / 著

[美]伽斯·威廉姆斯 / 图

黄荣 / 译

南来寒 / 主编

纽伯瑞儿童文学奖
获奖作品精选

13

草 原 上 的 小 镇

南京大学出版社

图书在版编目(CIP)数据

草原上的小镇 / (美)劳拉·英格斯·怀德著；黄
荣译. -- 南京：南京大学出版社，2020.9
(纽伯瑞儿童文学奖获奖作品精选 / 南来寒主编)
ISBN 978-7-305-23056-1

Ⅰ. ①草… Ⅱ. ①劳… ②黄… Ⅲ. ①儿童小说—长
篇小说—美国—现代 Ⅳ. ①I712.84

中国版本图书馆CIP数据核字(2020)第044092号

出版发行　南京大学出版社
社　　址　南京市汉口路22号　　邮　编　210093
出 版 人　金鑫荣
项 目 人　石　磊
策　　划　刘红颖

丛 书 名　纽伯瑞儿童文学奖获奖作品精选
书　　名　草原上的小镇
著　　者　〔美〕劳拉·英格斯·怀德
绘　　者　〔美〕伽斯·威廉姆斯
译　　者　黄　荣
主　　编　南来寒
责任编辑　洪　洋
助理编辑　王联容
责任校对　焦　芸
终审终校　荣卫红
装帧设计　谷久文

印　　刷　山东润声印务有限公司
开　　本　889×1320　1/32　印张 7　字数 220千
版　　次　2020年9月第1版　2020年9月第1次印刷
ISBN 978-7-305-23056-1
定　　价　29.80元

网　　址：http://www.njupco.com
官方微博：http://weibo.com/njupco
官方微信号：njupress
销售咨询热线：(025)83594756

　　纽伯瑞儿童文学奖（Newbery Medal），又称纽伯瑞奖。1922年由美国图书馆学会（American Library Association）的分支机构——美国图书馆儿童服务学会(Association for Library Service to Children)创设，旨在表彰那些为美国儿童文学做出杰出贡献的作者们。该奖每年颁发一次，专门奖励上一年度出版的英语儿童文学优秀作品。每年颁发金奖一部、银奖一部或数部。自设立以来，已评出数百部优秀的儿童文学作品。纽伯瑞儿童文学奖已成为美国乃至世界公认的儿童文学大奖。

内 容 简 介

经历了漫长的冬季，劳拉一家重回地里，开荒种地，养起小猫。劳拉在小镇得到了一份缝纫工作，挣了9美元，玛丽如愿上了盲人学校。

学校来了一位新老师，劳拉和妹妹处处受刁难，甚至被劝退回家。签名册、名片、圈环裙渐渐流行起来。联谊会、文学之夜、生日派对、新英格兰晚宴……小镇生活日益丰富，而劳拉却没有心思学习。

转眼又到开学时光，一次偶然的公开课上，劳拉表现突出，破格获得教师资格证，得到了一份教师工作，还得到了阿曼罗的青睐。

目 录

1. 意料之外

有一天，全家人正在吃晚饭，爸爸突然问："你想不想到小镇工作，劳拉？"

对于这个突如其来的问题，劳拉不知该如何回答，其他人也都惊讶得说不出话来。她们呆坐在凳子上，好似冻僵了一般，一动不动。格蕾丝瞪大蓝色的眼睛，盯着锡杯的边缘看；凯莉的小嘴停止咀嚼，牙齿紧紧咬着一片面包；玛丽手持叉子，停留在半空中，一动不动。此时，妈妈正在给爸爸斟茶。眼看着茶水就快溢出杯子了，她才猛地意识到，赶忙及时端正了茶壶。

"你说什么，查尔斯？"妈妈惊讶极了。

"我是问劳拉，她想不想到小镇工作。"爸爸说。

"工作？女孩子工作？还到小镇里干？"妈妈说，"到底是什么样的工作……"突然她话锋一转，态度坚决地说，"不，查尔斯，我决不同意劳拉去酒店里干活，整天跟一群陌生人打交道。"

"谁说让她去酒店工作？"爸爸的语气强硬起来，"我们怀尔德家的女孩绝不干这种活儿，至少在我有生之年，我绝对不会允许这种事情发生。"

"当然不会。"妈妈连忙表达自己的歉意，"但是，刚刚听你冷不丁这么一说，我感觉太意外了。这到底是什么工作呢？劳拉年龄还小，教书还不够格呢。"

劳拉没急着听爸爸的解释，她走神了。此时正是一年中最忙碌而快乐的日子，在这春光无限好的时节里，她真希望一切都能照旧，而不是去小镇里干活。

2.春日时光

去年秋天，十月暴风雪刚过，劳拉一家就搬进了城里。有一阵子，劳拉还上学了。可惜后来暴风雪接连不断，学校只好关门停课。漫漫严冬，暴风雪在一栋栋房子间肆意横行，咆哮着，呐喊着。街道上空无一人，邻里间音信全无。日复一日，漫天大雪吞噬了一切声响，也淹没了点点亮光。

在漫长的冬天里，一家人挤在小厨房里，饥寒交迫，摸黑干活。拧完干草，才能生火取暖；磨好小麦，才能烤面包充饥。全家人的唯一期盼，就是坚信暴风雪迟早会结束！冬天一定会过去！当阳光普照的时候，他们就能够搬离小镇，回到地里。

如今，春天已经到来。达科塔草原沐浴在金色的暖阳之下，熠熠生辉，仿佛从未遭遇过严冬的摧残，经历过暴风雪的肆虐。重新回到地里，是件多么美好的事啊！劳拉只想待在户外，尽情享受阳光的抚慰。

黎明时分，劳拉跑到大泥潭边的井水旁，打起清晨的第一桶纯净水。此时，太阳披戴五彩斑斓的光芒，缓缓从东方升起。露水打湿的草地上空，野云雀在飞翔，在歌唱。绿油油的田地旁，大野兔蹦蹦跳跳，瞪着明亮的双眼，竖起长长的耳朵，津津有味地品尝鲜嫩的青草叶尖，这早餐可真是美味啊！

回到小棚屋，劳拉迅速放下水桶，又拎起奶桶，然后一股脑地跑到斜坡上。在这里，母牛艾伦正用嘴巴收割鲜甜多汁的嫩草呢。劳拉挤奶时，它乖乖地站在那里，慢悠悠地反刍食物。

"嘶嘶"声清脆入耳，一股股牛奶如同涓涓溪水，流入桶中，溢起高高的奶泡。新鲜的牛奶暖暖的、甜甜的，混合着春天的芳香气息，扑鼻而来，沁人心脾。劳拉光着脚，踩着水灵灵的青草，感觉既湿润又凉爽。阳光晒在她的脖子上，暖暖的。劳拉把脸颊贴在牛身上，感受着融融的暖意！艾伦的牛宝宝被拴在了一旁，它急得嗷嗷大叫。好在有牛妈妈，她正在"哞哞"地安抚着小家伙。

挤完最后几滴乳白色的牛奶，劳拉吃力地把奶桶拎回小棚屋。妈妈将一些暖暖的鲜牛奶倒入"小仔牛"的奶桶里，然后将剩下的牛奶过滤。透过一张干净的白布，牛奶"滴答滴答"落入锡制奶盘中。劳拉小心翼翼地将奶盘端进地下室。此时，妈妈从昨晚的牛奶表面撇起一层厚厚的奶油，再把剩下的牛奶也倒进了"小仔牛"的奶桶里。劳拉提着满满的奶桶，走向饥肠辘辘的"小仔牛"。

教"小仔牛"喝奶可不简单，却总是乐趣无穷！眼前这小家伙站都站不稳，却顽固地坚信，必须抬起红红的小脑袋，狠狠地撞破奶桶，才有奶喝！所以，一闻到桶里的奶香味，它便不由自主地冲向了奶桶。

劳拉努力抓稳奶桶，不让牛奶洒出来，然后把手指伸进牛奶里，蘸了蘸再抽出来，让"小仔牛"那粗糙的舌头舔舔手指上的牛奶。接着，她慢慢将"小仔牛"的鼻子引到奶桶中。谁知，这小家伙竟然用鼻子喝起了奶，不过立刻就被呛到了，它"嘶嘶"地往外打了几个喷嚏，弄得牛奶四溅。小家伙不服气，又朝奶桶冲了过去。奶桶一歪，一摊牛奶飞向"小仔牛"的头，一摊牛奶溅湿了劳拉的裙子。

不灰心的劳拉决定从头开始，她用手指沾沾牛奶，让小仔牛吮吸，再抓稳奶桶，然后按住"小仔牛"的头，让它在桶里喝奶。最终，费了九牛二虎之力，小家伙可算喝进去一些奶。

　　拔起拴牛桩，劳拉牵着艾伦、"小仔牛"和刚满一岁的小牛犊，来到柔软清爽的草地上。她把铁柱深深地扎进地里。这会儿，太阳已经完全升起，天空一片蔚蓝，风儿吹过原野，草儿微波荡漾，俨然一片绿色的海洋！此时，小棚屋那边传来了妈妈的叫喊声：

　　"快回来，劳拉！早饭做好啦！"

　　回到小棚屋，劳拉飞快地洗脸洗手，然后把水一泼，水在空中划过一道波光粼粼的弧线，落在了草地上。经太阳一晒，水迹很快便消逝不见了。早饭前，劳拉总是没有时间解开辫子，好好梳梳头发。不过，干完早上的活儿，劳拉就有空好好梳理头发了。

　　劳拉坐在玛丽旁边，从干净的红格子桌布和亮闪闪的盘子上面望过去，看向餐桌那头的妹妹凯莉和格蕾丝。她们的小脸庞闪烁着晶莹的光泽，明亮的小眼睛一闪一闪的。爸爸和妈妈的脸上也挂着愉快的笑容。大门和窗户敞开着，清晨的凉风吹进来，多么香甜啊！劳拉深深地吸了口气。

　　爸爸看着劳拉，完全明白她心里的感受。"这天儿可真不错啊！"他说。

"真是个美丽的早晨。"妈妈也极力赞同。

早餐过后，爸爸给马儿山姆和大卫套上挽具，赶着它们来到棚屋东面的大草原开垦荒地，种植玉米。妈妈包揽了全部的家务活儿。在这些欢快的岁月里，劳拉最喜欢听妈妈说"我必须到菜园里干活啦"。那的确是个好地方。

玛丽主动分担了一部分家务活儿，这样劳拉就能全力去帮妈妈的忙了。玛丽的眼睛是看不见的。不过早些时候，在猩红热还没有夺走她那双清澈湛蓝的眼睛时，她就不喜欢风吹日晒的户外活儿。如今能在房子里干点家务活儿，她还是挺开心的。玛丽欢快地说："我的手指能当眼睛用，虽然我不能分辨锄头底下的是豌豆藤还是杂草秆，但我能洗碗，能铺床，还能照顾格蕾丝妹妹！"

凯莉也很自豪，尽管她只有十岁，但是已经能帮玛丽一起干家务了。这样一来，妈妈和劳拉就能安心到菜园里去干活儿了。

这个时节，东区人蜂拥而来，驻扎在茫茫大草原上。他们围绕在大泥潭的东面、南面和西面，建起一座座崭新的小棚屋。每隔几天，就会有马车"嘎吱嘎吱"地压过泥地，上面坐着一张张陌生的面孔，穿过大泥潭颈部，从北面进城，而后折返。妈妈说，农忙过后，就有时间好好认识这些新邻居了。春天可不是走家串户的好时节！

爸爸拥有一副新犁，锋利无比，是开垦草地的好帮手！犁头前方有一把锋利的圆盘犁刀，它一边翻滚，一边切割草皮。钢制犁头极其尖锐，"咔嚓咔嚓"地切割纠缠不清的草根。而后，犁板铲起又长又直的草皮，给它翻了个身。每条草皮刚好十二英尺宽，直溜得很，仿佛人手割出来的一样。

有了这副新犁，一家人都感到特别的开心。如今，即便忙完了一整天的活儿，山姆和大卫也还有空愉快地躺在地上打滚儿，它们时而竖起耳朵看看草原，时而低下头来继续吃草。有了这副新犁，马儿再也不会累得气喘吁吁、无精打采。吃晚饭的时候，爸爸依然精神抖擞，还能开几个玩笑，哄孩子们开心。

"绝对没错!这副犁完全能自己耕田。"他不禁感慨,"如今新发明层出不穷,人力可远远跟不上啦。说不定哪天晚上,我和马队歇息以后,犁儿会灵机一动,继续锄地。第二天一大早,我们一觉醒来,就会惊喜地发现,趁我们倒头大睡时,它已经翻完一两亩田地啦!"

一条条草皮仰卧在犁沟上,一粒粒草根洒落在泥土中。光着脚站在刚刚犁好的田沟里,多么清凉多么柔软!凯莉和格蕾丝经常跟在犁儿后头嬉戏。劳拉多么想加入其中!可如今她快满十五岁了,是大姑娘了,可不能再由着性子,在新泥地里肆意玩耍,呼吸芬芳的泥土气息了。况且,每个下午,她还要陪玛丽出来走动走动、晒晒太阳。

于是,每当干完早上的农活儿,劳拉就会带着玛丽到大草原上走一走。春花浪漫,争奇斗艳。绿草茵茵的斜坡之上,云儿的影子既散漫又摇曳,随风舞动。

小时候,作为大姐姐的玛丽常常蛮横无理、以大欺小。如今,两姐妹长大了,玛丽不再那么霸道,姐妹俩不仅年龄相仿,地位也是平等的。这真是一种奇怪的感觉!她们喜欢挽起手儿,无忧无虑地散步,沐浴在和煦的清风

里，徜徉在暖和的阳光下。这儿采朵紫罗兰，那儿采朵金凤花，羊酸模嘴里转。说起羊酸模，它的花儿长得像薰衣草，弯弯地卷起来，非常可爱！它的叶子长得像三叶草，茎秆纤细，闻起来还有股刺鼻的气味呢！

"羊酸模的味道，就是春天的味道。"劳拉说。

"它尝起来可有点像柠檬噢，劳拉。"玛丽温柔地纠正她。每次吃羊酸模前，玛丽总会不放心地问上一句："劳拉，你检查清楚了吗？确定里面没有虫子吗？"

"里面从来就不会长虫子，"劳拉辩解说，"这儿的草原这么干净！再也找不到比这片草原更加干净的地方了，不是吗？"

"不管怎样，你还是帮我好好看看吧。"玛丽说，"我可不想吞下达科塔领地的唯一一只小虫子。"

两姐妹捧腹大笑。如今的玛丽总是十分惬意，偶尔还会开开小玩笑。太阳帽之下，她的脸颊安详而平静，她的蓝眼睛湛蓝而清澈，她的声音愉悦而甜美！玛丽一点儿都不像行走在黑暗之中的人。

玛丽一直表现得非常乖巧。有时候，她的乖巧令劳拉无法忍受。可现在，她似乎有点儿不一样了。有一次，劳拉突然问起她：

"你以前总是非常努力，表现得很乖巧。看着你装出一副很乖巧的样子，我常常很生气，有时候可真想给你一巴掌。不过，现在的你，不用怎么刻意，就已经很乖巧了。"

玛丽停下脚步，惊讶地问道："噢，劳拉，真糟糕！你现在还想打我一记耳光吗？"

"不，我永远不会这么做！"劳拉诚实地回答说。

"当真不会？该不会是因为我的眼睛看不见，你才对我这么好的吧？"

"不！老实说，我真的不会，玛丽。我从来没想过，你眼睛看不见这回事儿。我……我只是很开心有你这个好姐姐。真希望自己能更像你，这么懂事，这么乖巧。如今看来，我大概永远也比不上你。"劳拉叹了口气，"真不知道，你是怎么做到如此乖巧的。"

"我并不是真的乖，"玛丽告诉她，"我确实在努力。有时候我也叛逆，我也霸道，我也有坏心眼。如果你走进了我的内心，你一点儿都不会想变成我。"

"我能看见你的内心，"劳拉反驳说，"它总是表露无遗啊。你一直都很有耐心，一点儿也不坏。"

"我知道你为什么想打我一巴掌，"玛丽说，"因为我过去总是在炫耀自己。我其实并不乖，只想装模作样，故意表现得很好，既虚荣又骄傲。如果挨了一记耳光，那也是我自作自受。"

听玛丽这么一说，劳拉惊讶极了。她突然意识到，自己何尝不是这么想？然而，这绝非玛丽的本质。于是，她急忙说："不是的，你根本不是这样的人。你的的确确是个很乖巧的女孩啊！"

"当熊熊怒火在心中燃烧之际，我们只想作恶多端，向恶魔俯首称臣。"玛丽引用《圣经》里面的话说道，"但是，这都不要紧。"

"你在说什么？"劳拉大声问。

"我是说，我们不必过多关注自己，不用纠结自己是好还是坏。"玛丽解释说。

"天啊！哪有人不苦思冥想，就能悟出真理，变成好人的？"劳拉感觉一头雾水。

"我不太清楚，或许我们就不应该老想着自己该怎样。"玛丽承认说，"我不知道该如何清楚地表达我的意思。就是——脑子里面想的远不及切身体会来得真实。我们要始终坚信上帝是仁慈的，这就足够啦。"

劳拉静静地站在原地，玛丽也一动不动。没有劳拉的搀扶，她可不敢迈步向前。微风徐徐，吹拂着这片荡漾的、绵延数里的青草花海。蔚蓝的苍穹之上，朵朵白云扬帆远航，玛丽纹丝不动地站在中间。眼前风景美如画，她却完全无法看见。每个人都清楚，上帝是仁慈的。然而，劳拉隐约相信，玛丽一定是通过某种特殊的方式，感知到了这一点。

"你坚信上帝是仁慈的，对吗？"劳拉问。

"没错，我坚信不疑。"玛丽说，"'耶和华是我的牧者，我必不至此缺乏。他让我躺卧在青青草地上，他领我安息在静静溪水旁。'这可真是世界上最美的圣歌啊！话说回来，我们为什么停在这里？我还没有闻到紫罗兰的香味呢。"

"我们已经走过水牛塘啦，边走边说，都没有留意到紫罗兰呢。"劳拉说，"我们回去就走那条路吧。"

她们往回走时，劳拉看见，沿着大泥潭粗糙的野草，低矮的地面缓缓抬升，斜斜地直指坡顶的一座小棚屋。远远看上去，小棚屋还没有一只鸡笼大，半边屋顶翘了起来，悬挂在半空。野草丛淹没了草皮牛棚。那一头，艾伦带着的两只小牛在津津有味地吃草。东边呢，爸爸正在新开垦的草地上播种玉米。

趁着土地还有点湿度，爸爸抓紧垦地。他扒开去年开垦的土地，撒上燕麦种子。他肩上挎着种子袋，双手紧握一把锄头，慢悠悠地在地里穿梭。

"爸爸正在种玉米。"劳拉告诉玛丽，"我们走那条路吧！现在我们还在水牛塘呢。"

"我知道。"玛丽说。两姐妹停下脚步，深深吸了一口气。紫罗兰的香味暖暖的、浓浓的，好似香甜的蜂蜜！圆圆的水牛塘静静地躺在大草原上，像极了一只大盘子。它大概有三四英尺深，周围结结实实地长满了紫罗兰。数以千计，数以百万计！密密麻麻，连叶子都找不到地儿来探探头。

玛丽情不自禁地将呼吸沉入这片花海中。"哇！"她深深地吸了一口气，指尖轻轻地拂过成千上万的花瓣，往下滑到纤细的茎秆处。再一招，美丽的紫罗兰花束就到手啦!

姐妹俩经过草地时,爸爸也畅快地吸了一口气,浓郁的紫罗兰芳香沁人心脾。"散步开心吧,女儿们?"爸爸对女儿笑了笑,却没有停下手中的活儿。锄头一耙,泥土一松,小坑便挖好。他放下四颗玉米种子,抡起锄头,耙起泥土,严严实实地盖好小坑,扎扎实实地踩上两脚,然后继续前进,堆起下一座"小土山"。

凯莉飞奔过来,把小鼻子埋进紫罗兰花束中。她正在照顾格蕾丝。小妹妹哪儿都不愿去,只愿意待在爸爸干活的地里。蚯蚓可让她着了迷。每次爸爸抡起锄头,翻出土块,她就兴致勃勃地蹲下来,仔细查看土里有没有蚯蚓。每当看见一只只蚯蚓舒展身体,由长变短,由瘦变胖,一蠕一蠕钻回地里,格蕾丝就会乐得哈哈大笑。

"即便把蚯蚓切成两段,它还是会钻回地里。"她说,"这是为什么呢,爸爸?"

"我猜啊,它们一定是想回到地里。"爸爸说。

"为什么呢,爸爸?"格蕾丝好奇极了。

"噢,那是因为它们想回去啊。"爸爸说。

"为什么它们想回去啊,爸爸?"格蕾丝继续追问。

"为什么你喜欢玩泥土呢?"爸爸反过来问她。

"这又是为什么呢,爸爸?"格蕾丝天真无邪地问道,"您种了几个玉米,爸爸?"

"是几粒,"爸爸说,"一共四粒。看!一、二、三、四。"

"一、二、三、四。"格蕾丝说,"为什么呢,爸爸?"

"这个问题太简单啦!"爸爸说。

　　一粒留给野云雀,

11

一粒留给老乌鸦。

还有剩下那两粒，

留在地里快长大。

菜园也是一片热闹啊！看那一排排窄窄的绿色小植物，有萝卜，有莴苣，有洋葱，噌噌噌地往上长。豌豆苗儿叶子皱，不屈不挠向上爬。小小番茄茎儿细，开枝散叶大美人。

"我看啊，这菜园也需要好好地松一松土。"妈妈说，"如今天气这么暖和，我看这豆子很快就能冒出嫩芽来啦。"

在一个暖意融融的早晨，豆子接二连三地探出小脑袋来。见此情景，格蕾丝兴奋地大喊大叫，飞一般跑过来告诉妈妈。整个上午，无论怎么哄，她就是不愿意离开豆子半步。光秃秃的土地上，一株株小豆苗闪亮登场！它们的茎秆像弹簧一样舒展开来。阳光底下，两瓣豆子紧紧地抱住两片淡淡的孪生叶子。每当看见一颗大豆冒出头来，格蕾丝就会大声尖叫："啊！啊！啊！"

玉米播种完毕，爸爸开始搭建另一半小木屋。一天早上，他正在铺设楼板梁。框架做好，劳拉帮助爸爸扶起来，保持与铅垂线水平。爸爸用铁钉钉牢框架，竖起两根间梁骨，装上两扇窗框。架好椽子以后，爸爸开始搭建另一半屋顶。

劳拉不停地帮助爸爸干活，而凯莉和格蕾丝两姐妹则站在旁边观看，偶尔拾起爸爸不小心掉落的螺丝钉。妈妈忙里偷闲的时候，也忍不住站在一旁凑热闹。看见棚屋逐渐变成一间房子，真令人激动不已！

房子建好，里面一共有三个房间。两间卧室虽然小，却各自拥有一扇小窗户。这样一来，大家再也不用睡在客厅里。

"孩子们，动起手来吧，"妈妈说，"我们既然搬好了家，就顺便完成春季大扫除吧！"

全家人齐动手，洗完窗帘洗被褥，日晒风干晾外屋。再把新窗户擦一擦，锃光发亮真美丽。旧褥变身新窗帘，一针一线细细绣，玛丽功夫数第一。妈妈和劳拉使用干净的新木板组装床架。劳拉和凯莉从干草堆中抽出最美的一撮干草，用来填充被褥。铺上妈妈刚熨烫好、热乎乎的床单，再盖上洋溢着草原气息的被褥，姐妹俩可算把床铺好了。

妈妈和劳拉连洗带擦，老屋摇身一变，变成了前厅。这里没有了床，只有炉灶、橱柜、餐桌、椅子和陈列架，看起来多么宽敞啊！摆好家具，打扫干净屋子，全家人满心欢喜地欣赏着自己的劳动成果。

"这回你不用再充当我的眼睛啦，劳拉。"玛丽说，"我能感觉得到，这儿有多么宽敞、多么干净、多么漂亮！"

推开窗户，清风徐徐而来，浆洗完的白窗帘微微起舞，仿佛一位白衣仙子。刷洗过的木板墙和地板泛着淡淡的灰黄色光泽。凯莉摘回一束美丽的草原之花，插进桌面的蓝色碗里，仿佛春姑娘也溜进了小屋内。角落里，刷过棕色清漆的陈列架愈发时尚。

午后暖阳洒在陈列架上。最底层书籍的镀金标题显得苍白而无力。相比之下，往上一层的三只印花玻璃盒子倒是熠熠生辉。再往上一层，玻璃钟面的花朵闪闪发光，黄铜钟摆左摇右摆、光彩夺目。最高一层，放着劳拉的白色陶瓷首饰盒，盖子上放有迷你的金色茶杯和茶碟。旁边是凯莉的棕白相间的陶瓷狗，它正忠心耿耿地守护着首饰盒呢。

在新卧室两扇房门间的墙上，妈妈挂上了一个精致的木架子。这是很久以前，爸爸在威斯康星州大森林里送给妈妈的圣诞节礼物。看看那一朵朵小花儿，瞧瞧那一片片小叶子，瞅瞅那架子边缘的小藤蔓，它们依然栩栩如生，就跟爸爸当年用小刀刚雕刻出来时一样精美。妈妈的粉白色陶瓷牧羊女笑脸迎人，亭亭玉立在架子上已多少时日了？仿佛已经过去了好久，久到连劳拉都不记得了。

这真是一个美丽的房间！

3. 养只猫吧

如今，沿着布满碎草皮的犁沟，可以看见新冒芽的玉米秆，青黄相间，星星点点，如丝带般翩翩起舞。一天晚上，爸爸走去地里看它们，哪知回来却精疲力竭、满腔怒火。

"唉，有一半多的玉米需要重新播种。"他说。

"啊，爸爸，这是为什么？"劳拉问道。

"地鼠在搞破坏。"爸爸说，"谁让我们是村里第一家种玉米的呢？地鼠不光顾咱家，还能去哪里？"

格蕾丝吓得紧紧抱住爸爸的大腿。爸爸抱起她，拿胡子轻轻地扎她的脸蛋，逗得格蕾丝咯咯直笑。她想起了那首播种之歌，坐在爸爸的膝盖上，格蕾丝开始大声欢唱：

> 一粒留给野云雀，
> 一粒留给老乌鸦。
> 还有剩下那两粒，
> 留在地里快长大。

"写这首歌的肯定是一个东区人。"爸爸说，"在咱们这块地，可得有自己的歌，格蕾丝。要不我们试试这样唱吧：

> 地鼠偷走第一粒，
> 地鼠偷走第二粒，
> 地鼠偷走第三粒，
> 第四粒也逃不了。

"噢，查尔斯。"妈妈哈哈大笑。她倒不认为这首歌好笑，但每次爸爸编起歌来，那股淘气的神情总能逗得她捧腹大笑。

玉米种子刚种上，斑纹地鼠马上就能把它们翻出来。整片土地上都是蹦蹦跳跳的小地鼠，它们左顾右盼，举起小爪子，刨开下种的小洞。说也神奇，它们怎么就能准确地找到玉米种子呢？

更神奇的是，这些小不点儿在田间地头上蹿下跳，左刨右挖，手捧种子，神气十足。"咔嚓咔嚓"，它们嚼得不亦乐乎，就这样吃光了玉米田大半的玉米种子。

"这些害人精！"爸爸说，"真希望我们能养只猫，像黑猫老苏珊一样，它会连皮带骨把这些家伙全吞下去。"

"家里也需要一只猫。"妈妈点点头，"这里的老鼠实在太猖狂了，食物放在橱柜里，不盖住我都不放心。咱们能养只猫吗，查尔斯？"

"据我所知，整个乡村没有一只猫。"爸爸说，"小镇的杂货店老板也在抱怨。维尔马斯还说，他要想办法从东部运一只猫过来。"

那天晚上，熟睡的劳拉突然惊醒。透过两间卧室的隔板，她听见了一声惊叫，咕哝咕哝，突然一个小东西"砰"的一声掉在地上。妈妈问："查尔斯！你怎么了？"

"我做梦啦，"爸爸小声地说，"我梦见一个理发师在给我剪头发。"

正值深更半夜，就连房子也在"呼噜呼噜"睡大觉，妈妈不由地压低了声音："这只是一个梦而已，别怕。快躺下来，我给你盖盖被子。"

"我听见了！理发师的剪子咔嚓咔嚓、咔嚓咔嚓。"爸爸说。

"没有的事儿，快躺下来，好好睡一觉。"妈妈打起了哈欠。

"可是，我的头发确实被剪掉了！"爸爸说。

"以前都不见你为了一个梦抓狂。"妈妈又打了一个哈欠，"躺下来，翻个身，你就不会再做梦。"

"卡罗莱，我的头发确实被剪掉了。"爸爸不停地念叨。

"你说什么？"如今，妈妈似乎更清醒了。

"我是说，"爸爸说，"我睡觉时，迷迷糊糊举起了手。就是这里……就是这里，光秃秃一片，不信你摸摸看。"

"查尔斯！你的头发真的被剪掉了！"妈妈大喊。就连劳拉也听到了她的喊声。妈妈从床上坐了起来，"我真的摸到了，你头顶有块地方……"

"对，就是那块地方，"爸爸说，"我举起手……"

妈妈打断了他的话："这足足有我的手掌那么大，上面的头发全被剃光了，一根不剩。"

"我举起手，"爸爸说，"我抓住了……什么东西……"

"什么？是什么？"妈妈问。

"我觉得，"爸爸说，"应该是一只老鼠！"

"它在哪里？"妈妈又尖叫起来。

"不知道。我用尽浑身力气，把它扔出去了。"爸爸说。

"天啊！"妈妈胆战心惊地说，"肯定是只大老鼠！咬你的头发来做窝。"片刻之后，爸爸说："卡罗莱，我发誓……"

"不，查尔斯。"妈妈喃喃说道。

"如果可以，我真敢发誓，诅咒这只死老鼠……总不可能一晚上不睡觉，睁着眼睛赶老鼠吧。"

"真希望我们能养只猫。"妈妈就这样，毫无希望地盼望着。

果然，第二天早上，他们看见卧室墙边躺着一只死老鼠，爸爸成功消灭了一只害人精。早餐时分，大伙清楚地看到，爸爸后脑勺上有块地方一毛不剩，想必就是那只老鼠把这一处的头发给拔了个精光的。

照平常看来，爸爸一定会介意自己当前的形象的。不过现在等不及头发长回去，他就必须去参加县委员大会了。在这个小乡村，外来人口安置得特别快。没多久，郡县就组织起来了，爸爸必须尽一份力。他是移居到此地的最早一批人，这是他应尽的责任。

会议在怀廷家的地里举办，位于小镇东北部四英里处。毫无疑问，怀廷夫人会到场。出于礼貌，爸爸必须脱下帽子。

"没关系，"妈妈安慰他，"你就告诉人们，事情是怎么发生的。他们家可能也鼠患成灾呢。"

"明天还有更重要的事情要商讨。"爸爸说，"什么都不用说，就让他们认为我的头发是夫人的杰作吧。"

"查尔斯，你敢！"妈妈大喊，还没料想到爸爸是在逗她玩儿呢。

那天上午，爸爸跳上四轮马车，准备出发。临行前还不忘告诉妈妈，午饭不用等他。除了开会的时间，还要赶上十里路呢。

晚饭时分，爸爸才赶着马车回到马厩。他卸下马车，飞快地跑回房子，刚好碰上出门迎接他的凯莉和格蕾丝。

"女儿们！卡罗莱！"他兴奋地大喊，"猜猜我给你们带什么回来啦！"爸爸一只手放在口袋里，双眼闪闪发亮。

"糖果！"凯莉和格蕾丝不约而同地说道。

"比这更好噢！"爸爸说。

"难道是信件？"妈妈问道。

"报纸，"玛丽猜想，"是《先进报》？"

劳拉一直盯着爸爸的口袋看。她确定，里面有东西在动来动去，那一定不是爸爸的手。

"我们先让玛丽看看。"爸爸提醒其他人，先别出声。他慢慢从口袋里抽出手来，掌心上躺着一只蓝白相间的小猫咪。

爸爸将小猫咪小心翼翼地放在玛丽的手上。然后，玛丽用指尖轻轻地抚摸它那身柔软的细毛，再摸摸它的小耳朵、小鼻子和小爪子。

"小猫咪！"玛丽惊讶极了，"它真的好小啊！"

"它的眼睛还没有完全睁开。"劳拉说，"它的婴儿毛像烟草烟雾一样的蓝，而它的小脸蛋、小胸脯、小爪子，以及尾巴尖都是纯白色的。瞧瞧它的四只小爪子，难道这不是世界上最小最可爱的东西吗？"

全家人都凑上前来，打量着玛丽手中这只温柔可爱、还未开眼的小猫咪。突然，它微微张开粉扑扑的小嘴巴，无声地"喵"了一下。

"它还太小，本不应离开猫妈妈的，"爸爸说，"但我必须抓住机会带

走它，以免它落入其他人的手中。怀廷先生托人从东部带回一只母猫，生了五只小猫咪，一只卖 50 美分，今天已经卖了四只。"

"您该不会花了 50 美分买一只小猫咪吧，爸爸？"劳拉瞪大双眼，吃惊地问道。

"没错，确实是这样。"爸爸回答说。

妈妈迅速接过话来："不怪你花这钱，查尔斯。在这鼠患成灾的房子里，咱们就得养只猫，它会发挥巨大价值的。"

"我们养得活这么小的猫咪吗？"玛丽急忙问道。

"当然可以啦！"妈妈让女儿们放心，"我们就经常喂喂它，小心地清洗它的眼睛，不让它冻着。劳拉，你去找个小箱子，再从碎布袋子里找来一些最柔软、最暖和的碎布。"

妈妈在热牛奶时，劳拉用纸箱给小猫咪做了一个柔软舒适的小窝。大家一起围过来，看着妈妈将小猫咪捧在手掌心，从茶匙里一滴滴地给小猫咪喂牛奶。不一会儿，小猫咪的小爪子便紧紧抱住茶匙。随着粉色嘴唇一张一合，温热的牛奶一滴一滴地流进它弱小的身子里，不过还有一些顺着它的下巴流了出来。用餐完毕，小猫咪回窝，在玛丽温柔的爱抚中进入了甜美的梦乡。

"跟其他猫一样，它可是有九条命的噢，它会好好地活下去的。"妈妈说，"你们就等着瞧吧。"

4. 欢乐时光

小镇正在飞速发展，新的移民源源不断地涌进来，忙着盖房子。一天晚上，爸爸和妈妈走进小镇，帮助组织教会。很快，教堂的地基就打好了。然而，要完成这么大型的工程，小镇的木匠还远远不够，所以爸爸又帮忙干起了木匠活儿。

每天早上，爸爸干完杂活，便进城工作，还用小锡桶拎上一天的午餐。他每天七点便开始干活，中午只休息片刻，一直工作到下午六点半，回到家时晚饭都凉了。每个星期，他都能足足挣够 15 美元。

这真是一段欢乐时光。菜园里，各种青菜生机勃勃。田地里，玉米燕麦长势喜人。牛棚里，小仔牛已断奶，这样就有足够的脱脂牛奶用来制作白软干酪，还有足够的奶油用来制作黄油和酸牛奶。最令人开心的是，爸爸每周都能挣好大一笔钱。

在菜园干活时，劳拉会时常想起玛丽上学的事儿。大概两年前，他们听说，爱荷华州有一所盲人学校。每个白天，大家都在合计这件事儿。每个晚上，大家都在祈祷玛丽能到那里上学。玛丽眼睛看不见以后，最令玛丽心痛的是，她无法再学习了。她多么渴望读书看报、汲取知识啊！她多么渴望成为一名教师啊！如今，她永远也没机会教书了。尽管劳拉万般不愿，年龄一大，她还是得教书挣钱。只有这样，才能供玛丽上盲人学校。

"没关系，"她一边锄地一边想，"虽然玛丽看不见，但是我可以充当她的眼睛。"

在菜地里劳作的劳拉只需抬头一瞥，就能看尽风吹草低几英里的美景，以及躺在斜坡上的艾伦和小仔牛。天空之蓝变幻莫测，夏日云团宛如白雪堆积。她的视线里充满精彩，而玛丽却终日生活在黑暗中。

尽管想都不敢想，她还是希望玛丽这个秋天能上学。如今，爸爸的收入不少。如果玛丽真的能上学，她一定会全心全意读书、认认真真工作。这样一来，一满十六岁，她便能到学校教书，用自己的收入供玛丽继续学习。

鞋子衣服少不了，面粉白糖、茶叶咸肉更是每日生活中离不开的东西。建造另一半新房子的木材费需要还，冬天的煤炭需要囤，恼人的税收需要缴。好在今年有菜园、玉米和燕麦。明年过后，土地一肥沃，几乎所有吃的粮食都能从地里种出来。

如果再养几只鸡、几头猪，他们还能吃上几顿肉。如今，村里人一多，猎物就无处寻觅。要想吃上肉，人们必须掏钱购买或者自己饲养。或许明年，爸爸就能买上几只鸡和一只猪。有些移民把这些牲畜带了过来。

一天晚上，爸爸春风满面地走进家门。

"猜猜发生什么好事了，卡罗莱，女儿们！"他大声喊道，"今天，我在小镇里遇见博斯特先生了。他替博斯特夫人传话，说要孵出一窝小鸡送给我们噢！"

"噢，查尔斯！"妈妈惊讶极了。

"等到小鸡长大，能够自由跑动以后，他会把整窝小鸡送给我们。"爸爸说。

"噢，查尔斯，这可是个好消息啊！博斯特夫人对我们可真不错！"妈妈非常感激，"对了，博斯特先生有没有说，夫人现在怎样啦？"

"他们两夫妻相处得可好啦。博斯特夫人一直很忙，今年春天抽不出时间来小镇，不过她可是一直在惦记着你噢。"

"一窝鸡蛋，大概能孵出十二只小鸡仔，或许还要更多呢。"妈妈说，"没几个人愿意这么做呢。"

"他们还一直惦记着，他俩刚结婚的时候，在暴风雪里迷路，方圆四十英里只看到我们一家，而我们毫不犹豫地将他们迎进来，给予了他们冬日里的温暖。"爸爸说，"博斯特一家经常提起这事儿呢。"

"呵，"妈妈说，"这才多大点事儿。但整整一窝小鸡——这能节省我们多少的养育时间啊！一窝鸡要整整一年才能养得起来呢。"

"如果博斯特一家能养活小鸡，如果小鸡没有被老鹰、鼬鼠或狐狸叼走，那么到夏天的时候，不少小鸡就能长成母鸡。再过一年，母鸡就能生一小筐蛋。之后，当年就能吃到油炸公鸡肉，还能看到母鸡孵小鸡。到那时，我们就有好多鸡蛋可以吃。如果母鸡年老体衰，无法再下蛋，妈妈也可以给全家做上一盘香喷喷的鸡肉派。"

"如果明年春天，爸爸能买一头小猪，"玛丽说，"那么过几年，我们就能吃上火腿、煎蛋、猪油、香肠、排骨和头肉冻啦！"

"格蕾丝妹妹还能烤烤猪尾巴噢！"凯莉插上一句。

"什么？"格蕾丝迫切想知道，"什么是猪尾巴？"

那些难忘的宰猪时光，凯莉可是记得一清二楚。而格蕾丝呢，她从未站在烤炉面前，握着一只去皮猪尾巴，看着它烤得金黄诱人，滋滋作响；也从未看见过妈妈从烤箱里端出一大盘小排骨，油光光、黄澄澄，又香脆、又多汁；更没看见过在那只蓝色浅盘子上，躺着的香喷喷的香肠和烤蛋糕；更不用说，能舀上几勺香浓的红棕色肉汁，淋到馅饼上吃。小格蕾丝只记得在达科塔领地时的欢乐时光。那时候，爸爸也会带一些猪肉回来，但大多是咸咸的、白白的、肥肥的。

然而，总归也能碰上几个好日子，全家人可以吃上几顿好的。如今，每天都有很多活儿要干完，每天都有很多事儿来期盼，日子飞逝而过。白天，大家都在忙忙碌碌，几乎没时间来想念爸爸。晚上，爸爸从小镇回家，总能给母女几人讲讲小镇新闻，而大家也有很多新奇的事儿要与爸爸分享。

这一天，大家都把最激动人心的事情留到了最后。她们几乎不敢指望爸爸会相信，但事情的经过就是这样：

那时，妈妈正在铺床，劳拉和凯莉正在清洗早餐的碗碟，她们都听见了小猫咪伤心的哭声。如今，小猫咪的眼睛已经完全睁开，它能在地板上蹦蹦跳跳、跑来跑去了。格蕾丝在绳子一头系上纸片，引诱小猫咪追着跑。

"格蕾丝，小心点！"玛丽大喊，"不要伤害小猫咪。"

"我没有伤害小猫咪。"格蕾丝很认真地说。

还没等玛丽开口，小猫咪又发出一声尖叫。

"住手，格蕾丝！"卧室里传来妈妈的喊声，"你踩在小猫身上了吗？"

"我没有，妈妈。"格蕾丝说。听见小猫咪绝望的呐喊声，劳拉急忙从洗碟盆边转过身来。

"住手，格蕾丝！你到底把小猫咪怎样了？"

"我什么都没做！"格蕾丝快急哭了，"只是，我找不到它了！"

哪儿都不见小猫咪的踪影。凯莉在炉子背后和木架底下寻找。格蕾丝钻到桌子底下，瞧瞧那里有没有。妈妈在陈列架底部摸索。劳拉则把两间卧室都搜了个遍。

突然，小猫咪又发出一声尖叫。妈妈在打开的门背后找到了它。就在那里，小猫咪紧紧地抓住了一只老鼠！这只成年老鼠强壮有力，个头快赶上小猫咪了。它使劲挣扎，吱吱乱叫，胡乱地咬着！老鼠每咬一口，猫咪都疼得嗷嗷大叫。即便如此，小猫咪依旧不肯松开爪子。它蹬直瘦小的双腿，死死咬住老鼠松弛的皮肤。可怜的猫咪腿部力量太弱，差点摔了下来。让人心疼的是，臭老鼠还在一口又一口地啃咬它。

妈妈迅速拿起扫把，准备拍死老鼠。"抓起小猫，劳拉，我来对付老鼠。"

劳拉当然很听妈妈的话，但这回，她却情不自禁地说："噢，妈妈，我真不想把它拉开！它还在坚持，这是属于它的战斗。"

就在劳拉伸出手打算抱走小猫之际，小猫拼尽全力，给予老鼠最后一击。它跃上鼠背，两只前腿死死踩住老鼠。呀！又被咬了一口，小猫咪痛得喵喵直叫。它迅速露出小奶牙，狠狠地插进老鼠的脖子里。刚刚还在尖叫的老鼠，不一会儿就软趴趴地倒下了。小猫咪完全靠自己的力量杀死了一只老鼠！这还是它生平第一次噢！

"我的天啊！"妈妈说，"谁又有幸能够亲眼看见猫捉老鼠呢？"

可怜的猫宝贝，本来应该等猫妈妈来舔舔伤口，自豪地喵上几声撒撒娇的。如今，妈妈小心翼翼地给它清洗伤口，再喂它喝上几口热牛奶。凯莉和格蕾丝轻轻地抚摸它的小鼻子，以及毛茸茸、软绵绵的小脑袋。在玛丽温柔的爱抚中，小猫咪蜷缩成一团，舒舒服服地睡着了。格蕾丝抓起死老鼠的尾巴，远远地扔出门外。之后，母女几人一直在说，等爸爸回到家，听到这个故事该有多惊讶啊！

傍晚，她们耐心地等爸爸洗手洗脸，梳好头发，坐下吃饭。爸爸问劳拉，家务活儿干得怎么样。劳拉说她今天喂了马儿、艾伦和小仔牛喝水，还移动了拴马柱和拴牛柱，让它们能吃个饱饭。如今，晚上的天气特别好，劳拉不用把它们牵回棚里。它们徜徉在星空下，想吃就吃，想睡就睡，随心所欲。

时机终于到了，母女几人将小猫咪的赫赫战绩告诉了爸爸。

爸爸说，他从来没有听说过这种事情！看着蓝白相间的小猫咪，小心翼翼地走过地板，尾巴直直竖起，警惕着四周的动静，爸爸不禁感慨："依我看，这只小猫将会成为县城里最厉害的捕鼠能手。"

一天结束，全家人都沉浸在十足的满足感之中。一家人其乐融融，除了清洗晚饭盘子外，所有的活儿都干完了。

　　大门窗户完全敞开，茫茫草原一片朦胧，浩瀚苍穹微微发亮，星星已经开始眨巴眨巴小眼睛。阵风吹过，屋内空气荡漾开来，随着炉灶中炉火翩翩起舞，伴随着草原的清新、食物的美味、茶水的浓郁、肥皂的香气，以及新卧室木板的淡淡余香，令人回味无穷。

　　一切都是那么的美好，那么的令人心满意足。尤其是，明天也会像今天一样美好，正如今天像昨天一样美好，只是略微不同罢了。然而，劳拉并不知道，自己的生活即将改变，直到爸爸问她"你想不想到小镇工作"，她才如梦初醒。

5. 小镇工作

除了在宾馆当服务员，谁都无法想象，一个女孩子能在小镇干点什么。

"这是克兰西的主意。"爸爸说。克兰西先生是新来的商人，爸爸正在帮他搭建店面。"这家商店就快完工了，他正在搬运纺织品进来。他的岳母和他们一起来西部，准备缝制一些衣服。"

"做衣服？"妈妈惊讶极了。

"是的，现在这么多单身汉在宅基地上生活，克兰西认为，可以靠销售纺织物来挣钱。当然，还需要雇佣一些人来店里制作衣服。要知道，这些单身汉可是还没有找到帮他们缝衣服的女人啊！"

"这是个不错的想法。"妈妈不得不承认。

"可不是嘛！克兰西算是一个挺能干的商人。"爸爸说，"他还拥有一台缝纫机。"

妈妈的兴趣上来了。"缝纫机？是不是跟我们在《内海杂志》上看到的照片一个样？它是怎么工作的？"

"跟我之前想的差不多。"爸爸回答说，"双脚踩踏板，带动轮子运转，牵动针头一上一下运动。其中，针头底下还有个巧妙的小装置，满满地绕上了一卷纱线。克兰西曾经亲自演示给我们看。这缝纫机动起来，快如闪电，缝线既整齐又干净，你绝对想要一睹为快！"

"这得花多少钱啊？"妈妈问。

"普通人可花不起这钱啊。"爸爸说，"不过，克兰西把它看成是一项投资。机器一运转，财源滚滚来。"

"没错，肯定是这样。"妈妈说。劳拉心里清楚，妈妈在合计，这台机器能省掉多少人工活儿。不过即便买得起，拿来家里缝缝补补，也不免有些奢侈。妈妈继续问："他希望劳拉来学习如何使用缝纫机吗？"

劳拉心头为之一紧。如果一不留神，把这台昂贵的机器弄坏了，她可负不起这责任啊。

"不，怀特夫人自己会操作缝纫机，"爸爸回答说，"她想要找一个心灵手巧的女孩，帮忙打打下手，做一些手工缝纫的活儿。"

他对劳拉说："她问我，认不认识这样的女孩儿。我告诉她，你就是一个缝纫小能手。于是，怀特夫人想你过去帮忙。克兰西的订单太多了，她一个人可干不过来。所以，她希望请一个既勤奋又能干的女孩儿，一天给 25 美分，包午餐。"

劳拉的小脑袋迅速做起了加减乘除法。一天 25 美分，一周 1.5 美元，一个月就能存下大约 6 美元。如果辛勤工作，怀特夫人一开心，说不定干满整个夏天都不是问题。那么她就能挣 15 美元，甚至 20 美元，就能帮助玛丽到盲人学校上学了。

说实话，她实在不想到小镇工作，那里到处都是陌生人。但是，她又怎能忍心拒绝一个挣钱的好机会呢？哪怕是 15 美元、10 美元，抑或是 5 美元。劳拉兴奋地咽了咽口水，"我可以去吗，妈妈？"

妈妈叹了一口气："我不太想你去，不过你也不是一个人，爸爸也在小镇工作，能够照看你。行吧，如果想去，你就去吧！"

"可……可我不愿意把家务活儿全留给您干。"劳拉支支吾吾地说道。

凯莉热心地提出帮妈妈的忙。她会铺床、扫地、洗碗和铲草。妈妈说，玛丽也能帮不少忙呢。如今，牲畜都散养在屋外，晚上要干的活儿少了很多。她还说："我们会想念你的，劳拉，不过我们能应付得过来。"

第二天早晨，根本没有时间可以浪费。劳拉提回井水，挤完牛奶，便匆匆忙忙地洗脸、刷牙、盘发。她穿上崭新的印花棉布裙子、长筒袜和鞋子，还不忘将顶针包裹在刚熨烫好的围裙里面。

草草吃过早餐，劳拉系上太阳帽，跟着爸爸匆忙走出家门。他们必须在七点赶到小镇，开始工作。

早晨的空气格外清新。野云雀唱着歌儿，从大泥潭一跃而起，响声震天。它们摇晃着大长腿，拉伸着长脖子，不时发出短促而有力的叫声。这真是一个生机勃勃、美丽无比的早晨。可惜的是，爸爸和劳拉要赶路，无暇顾及沿途的美景。

太阳公公不费吹灰之力就爬上了云端，可怜父女两人，费尽九牛二虎之力才能按时赶到镇上。他们沿着草原北部的小路，一直走到主大街的南端。

小镇的变化实在太大了，简直成了一个新的地方。大街西面的两个街区里，挤满了崭新的黄松木建筑，还铺着一条崭新的木板人行道。可惜马路这头的劳拉和爸爸没时间过去看看。他们一前一后，匆匆穿梭在狭窄且布满灰尘的小路上。

马路这一头的空地上长满了绿草，一直爬升到主大街和第二大街交界的地方，那儿坐落着爸爸的马厩和办公建筑。第二大街另一边的拐角处，立着一栋崭新的建筑间梁。再往前走，再经过一片空地，便可以到达克兰西的新商店。

商店崭新的，闻起来有一股松花刨木的味道，中间还夹杂着淡淡的新布料的粉浆味。在两张长长的柜台后面，长长的架子靠在两面墙边，上面整齐地叠放着平纹细布、印花棉布、细麻布、印花丝毛料、羊绒和法兰绒等布料，甚至连丝绸都有。满满当当的，一直堆放到天花板。

这里没有日用杂货，没有五金器具，没有鞋子，也没有工具。大大的商店，琳琅满目全是纺织品。劳拉还从未见过只卖纺织品的商店呢。

劳拉的右手边放着一张矮小的玻璃柜台，内置小卡片，展示各式各样的纽扣、缝纫针和别针等。旁边的柜台上放着一个架子，陈列着五颜六色的线圈。窗外阳光一照，煞是好看。

窗边的柜台前，放着那台缝纫机。它的镀镍零件闪闪发光，清漆木板光亮如镜。在它那瘦小黝黑的脊背上，站着一卷纯白色的线团。无论如何，劳拉都不会碰它的。

克兰西先生正摊开几匹印花棉布，展示给两位穿着肮脏衣服的客人看。旁边站着一个高大肥硕的妇女，她那头黑色长发梳得紧紧实实的。她站在缝纫机旁边，将一块格子印花棉布摊放在柜台上，将报纸剪成的图样用别针别在上面。爸爸摘下帽子，向她道一声"早安"。

"怀特夫人，早上好！我把女儿带过来了，这是劳拉。"

怀特夫人从嘴里拿出别针，说："希望你是个手脚麻利的缝纫小能手噢。你懂得怎样虚缝斜边吗？你打的扣眼结实吗？"

"那是当然，夫人。"劳拉说。

"把你的太阳帽脱下来，挂在那儿的钉子上。我给你准备准备，马上就要开始干活啦！"怀特夫人说。

爸爸对劳拉笑了笑，给她鼓鼓劲，而后出去工作了。

劳拉希望自己能尽快平复心情，不要再紧张得发抖。她挂好帽子，系上围裙，戴上顶针，开始缝制衣服。怀特夫人递给她几块分散的布料，让她简单地缝制起来。她还让劳拉坐在窗前的缝纫机旁边，那里有张椅子。

劳拉迅速将直背椅子往回一拉，躲在缝纫机后面，这样街道上的人就不大能看见她了。她埋头苦干，手中的针线欢快地跳跃在布料之间。

怀特夫人一声不吭，紧张而有序地按照纸样裁剪布料。劳拉刚缝好一件衣服的布片，夫人便取走，又拿来另一件衣服的布料，劳拉又开工了。

过了一会儿，怀特夫人坐在缝纫机面前，手用力转动轮子，脚使劲踩着踏板，呼呼呼，缝纫机开始工作。嘈杂的声音充斥着劳拉的小脑袋，仿佛一只大黄蜂在她的耳边嗡嗡作响。轮子越转越快，最后一片模糊，不见轮廓，就连针头也成了一道亮光。怀特夫人肥嘟嘟的手上下摸索，正在飞快地给布匹"喂针吃线"呢。

两人配合默契，劳拉缝得很快，将一件又一件的布片放在怀特夫人的左手边后，又从柜台上取来布料，继续虚缝着。那些衣料堆得像小山，然而在怀特夫人麻利的双手下，小山也能夷为平地。怀特夫人将衣料放在缝纫机之下，嘟噜嘟噜，不一会儿，新衣裳制成，码放在她的右手边。

制作衣服的方式也是条流水线，从柜台到劳拉，从劳拉到衣料山，再从衣料山到怀特夫人手中，从夫人到机器，而后堆成另一座崭新的衣服山。正如男人们在草原上干活、在轨道上修路一样，只不过这回，劳拉的双手是车夫，驾驶着针头，沿着缝合线，飞驰在布料之上。

渐渐地，她感觉肩部酸痛、后背麻木、胸部窒息、双腿又累又重。可恶的机器声还在脑袋里轰鸣。

突然，周围一片安静。"好啦！"怀特夫人终于松了口气，她刚缝好最后一件衬衫。

劳拉手中还有一只衣袖，需要粗略地缝好袖孔，完成腋下走线。而柜台上，还有一件衣服的碎布料正在等着她呢。

"我来虚缝这件吧。"怀特夫人一把抓起布料，"我们动作太慢啦！"

"是的，夫人！"劳拉感觉自己需要干得更快，但她确实已经竭尽全力了。

这时，一个体型硕大的男人走了进来。一大茬红胡子掩盖了他的脸庞，看起来脏兮兮且杂乱无章。他问道："克兰西，我的衣服做好了吗？"

"中午过后就能交给您。"克兰西先生回答说。

男人走后，克兰西先生询问怀特夫人客人的衣服什么时候能做完。怀特夫人说，她并不清楚哪些衣服是哪些客人定做的。听她这么一说，克兰西先生气不打一处来，火冒三丈，开始破口大骂。

劳拉蜷缩在椅子上，拼命缝制布料。克兰西先生一把抓起刚做完的衣服，差点扔到怀特夫人身上。他暴跳如雷，大声呵斥怀特夫人，说如果午饭前还没把所有衣服缝制好，就要她好看！

"休想指使我干活！我可不是你的走狗！"怀特夫人也气愤极了，"不论是你，还是其他住在小棚屋里的爱尔兰人，通通别想催我干活！"

克兰西先生接着又嘟嘟囔囔骂了几句，劳拉没怎么听清楚。此时此刻，她迫切渴望逃到别的地方去。然而，怀特夫人让她一起去吃午饭。她们一同走到商店后面的厨房，背后跟着气势汹汹的克兰西先生。

厨房里热气腾腾，挤满了人，十分嘈杂。克兰西夫人正将午餐端上桌。3个小女孩和1个小男孩坐在凳子上，你推我搡。克兰西先生、克兰西夫人和怀特夫人都扯着嗓子在争吵，他们满腔怒火地坐下来，却又能扒拉扒拉地吃午饭。可怜的劳拉，根本不明白他们到底在争吵什么。

他们似乎都怒气冲冲，劳拉真害怕他们会打起来。尽管他们直呼其名，大声叫嚣，可是当克兰西先生说，"把面包递给我"或者"帮我倒上一杯，行吗"的时候，克兰西夫人还是会照做。孩子们根本不在意大人们的大吵大闹。劳拉非常烦躁，吃不下饭，只想逃离这个是非之地。一抓住机会，她就马上溜回去干活儿。

片刻之后，克兰西先生吹着口哨，从厨房回到店里，得意扬扬，十分快活，仿佛刚与家人一齐享用了美味而安静的午餐。他兴致勃勃地问怀特夫人："还要多久才能做完衣服？"

"用不了几个小时，"怀特夫人向他保证，"我们会加快速度。"

此时，劳拉想起了妈妈曾经说过的一句话："大千世界，各种各样的人都有。"

两小时后，她们做好了四件衣服。劳拉小心翼翼地缝上领口，要做到完美契合，还真的难度不小。怀特夫人用上了缝纫机。

剪好扣眼，劳拉迅速打磨剪切边，包上细小多节的针脚，长度一致，紧密契合。她实在讨厌做扣眼，所以做得特别快，想要这个痛苦的过程能早点结束。怀特夫人一直在打量她的手法，她由衷地夸奖道："劳拉啊，说到做扣眼，你可是远远超过我了啊！"

做完四件衣服，就只剩下三个小时的工作时间了。怀特夫人又裁剪了几件布料出来，劳拉继续虚缝布料。

从没坐过这么长时间，劳拉感觉腰酸背痛，手指被针头刺得粗糙无比。双眼由于冒汗而一片模糊。有两次她不得不把虚缝好的线拆掉，重新虚缝。令人欣慰的是，爸爸下班接她时，她能站起来伸伸腰，结束工作回家了。

父女俩兴奋地走在回家的路上。一天的工作结束了，太阳也开始下山了。

"第一天带薪工作，感觉怎样啊，丫头？"爸爸问劳拉，"你没搞砸吧？"

"肯定没有！"她回答说，"怀特夫人还夸我的扣眼做得好呢。"

6. 玫瑰之月

美丽的六月悄然而过，勤奋的劳拉一直在缝制衣裳。野玫瑰盛情绽放，放眼茫茫大草原，真可谓万绿丛中一片粉。花色虽美，劳拉也只能在早晨匆匆一瞥，那时她跟爸爸正在赶去上班的路上。

清晨，柔和的天空显得更加湛蓝，几朵夏日小云团缓缓飘来。风一吹，空气中便弥漫着迷人的玫瑰花香。它们盛开在道路两旁，瞧瞧那粉扑扑的鲜花瓣，黄澄澄的小花蕊，不正像一张张可爱的小脸蛋吗？

一到中午，猛烈的阳光照亮天空之蓝，一大片白色云团扬帆远航，徜徉在天空之海。风吹草低，玫瑰飘香，云影在草原上空慢慢游动。多么美丽的景色啊！劳拉仿佛能亲眼看见它，可惜那时候，她正在嘈杂的厨房吃饭。

晚上回家时，清晨的玫瑰已经凋谢，片片花瓣随风飘落。

不管怎么说，劳拉已经是个大姑娘了，可不能随意在地里嬉戏玩耍了。更何况，自己有不错的收入，想想多么美妙啊！每到周六晚上，怀特夫人就会发工资，总共 1.5 美元，劳拉一回家便全数上交给妈妈。

"我不想拿你的钱，劳拉。"妈妈说，"其实你应该留点钱给自己用。"

"为什么呢，妈妈？我留着有什么用呢？"劳拉问，"我又不需要什么东西。"

她的鞋子还能穿，袜子、内衣和印花棉布裙子几乎是全新的。整个星期，劳拉都沉浸在将工资亲手交给妈妈的喜悦感中。不过，她也常常提醒自己，这还只是个开始，将来会有更多这样的美妙时刻。

再过两年，她就满十六岁，十六岁的女孩可以到学校教书了。如果她认真学习，掌握知识，就能考取教师资格证，就有机会到学校教书，这才是真正帮了父母一个大忙呢。到那时，她就能回报父母十多年的养育之恩，给家里带来收入了。当然，父母也就有钱送玛丽到盲人学校念书了。

有时候，她几乎忍不住想问妈妈，能不能现在就送玛丽去上学？玛丽以后的开销就靠自己一分一毫去挣回来。不过，她始终没敢问出口，怕妈妈反驳她，说这样做的风险太大。

即便如此，劳拉心中微弱的希望之灯依旧不灭，她每天都兴奋地到小镇工作。她的工资可帮了家里不少忙。劳拉明白，妈妈一直都是能省就省，勤俭持家。一旦爸爸和妈妈有能力，就会马上送玛丽去上学。

茫茫大草原美丽无比，相形之下，小镇更像是一道伤疤。马厩旁，干草堆和肥料堆正在腐烂；商店门面粉饰一新，背后却既粗糙又丑陋。小镇四处草皮残破，就连第二大街也不例外。楼宇之间，顽固的尘埃时而飞高，时而飞低。小镇里腐败气息浓厚，尘埃满天，油烟味重。酒吧内传出一股潮湿的气息。洗碗水从后门泼出，溅湿地面，发臭发酸，令人作呕。然而，当你在小镇待了一段时间，你也就察觉不到这种异味了。每天看着陌生人来来往往，说不定你会觉得有趣呢。

劳拉去年冬天所认识的男孩和女孩如今都不住在小镇了，他们全部回到宅基地里生活。店主白天开店营业，夜晚便蜗居在后头的房间里，而他们的妻子和孩子整个夏天都得待在大草原的小棚屋里。因为根据法律规定，自耕农必须连续五年，每年至少要有六个月在地里住，否则自耕农将得不到宅基地的使用权。与此同时，自耕农还必须开垦十亩草地，连续五年在地里种植谷物，政府才会给予他们土地所有权。然而，这里土地贫瘠，产出甚少，根本无法维持生计。所以，为了达到法律要求，妇女和孩子们整个夏天都必须待在地里。男孩垦地种菜，父亲则建设小镇，努力挣钱补贴家用，这样才能买得起从东部运来的食物和工具。

对小镇了解得越多，劳拉越觉得自己的家庭条件好。那是因为比起其他人来，爸爸整整提前了一年开荒种地。去年草地就已经翻好，如今这儿有了菜园和燕麦地，第二季的玉米长势喜人。干草能伴随牲畜度过寒冷的冬天。爸爸能卖掉玉米和燕麦，换来煤炭来烹饪和取暖。新来者现在才开始种地，而爸爸早在一年前就已经扎根于此。

工作时，劳拉一抬头便能看到整个小镇，因为所有的建筑几乎都集中在街道对面的两个街区里。假门面道貌岸然，方方正正，错落有致，给人以两层楼高的错觉。

米德宾馆位于街道尽头，比亚兹利宾馆位于劳拉的斜对面，廷卡姆家具店在下一个街区的中部位置，这三栋建筑倒是真的有两层楼高。不像其他假门面，二楼的窗帘飘动，似乎正在向其他建筑展示诚信是金呢。

这也是它们与其他房子的唯一区别了。小镇里，所有的房子都由松木建造，经过长期的日晒雨淋，外表已经开始泛灰。每栋房子的正面都有两扇高高的玻璃窗，中间开着一扇门。如今天气暖和，所有大门都敞开着，另装了纱门挡蚊子。所谓的纱门，也只不过是钉了粉色窗纱的木框，而粉色也已渐渐褪去。

店铺门口是一条平坦的木板人行道，拴马柱就设在道路两边。劳拉总能看见几匹马拴在那儿，这儿一只，那儿一只。有时候，也能看见马队或牛队停在那里。

有时候，劳拉咬断线头时，会不经意地看见一个男人穿过人行道，解开拴马柱上的马儿，一跃而上，飞奔离开。有时候，她也会听见马车经过的声音，咔嚓咔嚓，声音最大时，劳拉抬头一瞥，正好看见一辆马车在眼前疾驰而过。

有一天，街上传来一阵嘈杂的吵闹声，着实把劳拉吓了一跳。只见一个身材魁梧的男人冲出布朗酒吧，"啪"的一声，狠狠地关上了身后的纱门。

高个子神气十足，转过身来，蔑视纱门，抬起长腿，猛地一踢，粉色窗纱从上往下，一裂而开，破烂不堪。此时，酒吧内传来一阵激烈的争吵声。

高个子毫不在乎，他骄傲地转过身，突然看见前面出现个小矮子。小矮子想进酒吧喝两杯，高个子想出酒吧耍一耍。两人面对面，你挡我，我挡你，谁也不让谁。

高个子挺胸直背，一副盛气凌人的样子。小矮子身体虽小，却毫不示弱地站在原地，嘴里还直喘粗气。

门边，酒吧老板正在抱怨纱门被踢坏了，而高个子和小矮子却根本不理会他。他们盯着彼此，目中无人，一个比一个骄傲。

突然，高个子灵机一动，挽起小矮子的胖手臂，一起唱着歌儿，蹦蹦跳跳地走下大街：

> 划桨前行，驶向岸边，水手啊水手！
> 划桨前行，驶向岸边！
> 不怕狂风，不怕暴雨——

高个子一脸严肃，抬起大长腿，"哐"的一声，踢破霍桑先生的纱门。店内传来一声叫喊："嘿，你干什么！"

俩人继续往前走，边走边唱：

> 风吹吧，雨闹吧！
> 划桨前行，驶向岸边，水手啊水手——

真是两个目无王法的家伙！高个子抬起大长腿，远远地迈出一大步。而小矮子也不甘示弱，气喘吁吁地拉伸小短腿，尽量迈大步子。

　　不怕狂风，不怕暴雨——

高个子一本正经，"哗"的一声，比亚兹利宾馆的窗纱也无法幸免。比亚兹利先生快气爆了，夺门而出。高个子依然我行我素，继续前进。

　　风吹吧，雨闹吧！

劳拉笑得眼泪都掉下来了。她看见那条骄傲的大长腿踢破了贝克杂货店的纱门。贝克先生冲了出来，大声反抗。大长腿毫不在乎，他阔步向前，旁边跟着骄傲的小短腿。

　　划桨前行，驶向岸边！

到了怀尔德家的饲料仓，高个子一脚踹破纱门。罗耶·怀尔德猛地拉开门，破口大骂，把他能想到的脏话全都一股脑儿骂了出来。

两个男人站在原地，一本正经地听罗耶谩骂，可算等到他喘口气了，肥胖的小矮子才一本正经地说："我叫泰·培·普雷尔，我是个酒鬼。"

他们手挽手，继续前行，重复唱着欢快的酒鬼歌儿。首先是小矮子开头：

　　我叫泰·培·普雷尔——

然后，俩人一起歌唱，像极了两只牛蛙，呱呱直叫：

我是个酒鬼!

高个子可不会唱"我的名字叫泰·培·普雷尔",但他总会故作正经地来上一句:"我是个酒鬼!"

突然,高个子和小矮子来了一个九十度转弯,向另一家酒吧进军。"啪"的一声,身后的纱门狠狠地关上了。劳拉屏住呼吸,然而这扇窗纱居然完好无损。

劳拉笑得肚子抽筋,却还是停不下来,直到怀特夫人掐断她的笑声,说:"男人一喝酒,什么都能干,真是丢人现眼啊!"

"这些纱门,要花多少钱才能修好啊!"怀特夫人说,"我太惊讶了,劳拉你居然还在偷笑。现在的年轻人根本就不懂生活的艰辛。"

那天晚上,劳拉回家后,绘声绘色地给大家讲述高个子和小矮子的破坏行径,却没一个人敢笑。

"天啊,劳拉,你怎么能取笑两个醉酒闹事的人?"妈妈好奇地问道。

"这实在是太可怕了。"玛丽跟着说。

爸爸说:"高个子名叫比尔·奥多德。据我所知,他哥哥把他带来地里,就是不想让他沾酒。这么一个小镇竟然有两间酒吧,根本就是多余的啊!"

"遗憾的是,其他人可不这么想。"妈妈说,"我开始觉得,如果政府再不制止酒类运输,女人们就要站起来,说上几句话发发威了。"

爸爸对她眨眨眼。"看起来,你很有话要说噢,卡罗莱。我妈妈一向教育我,喝酒一点儿好处也没有,你也不断在提醒我,所以放心吧。"

"尽管如此,"妈妈说,"在劳拉的眼皮底下发生这种事情,也是奇耻大辱啊!"

爸爸看看劳拉,眼睛仍在溜溜直转。劳拉清楚,爸爸并不怪自己的笑声。

7.9 美元

克兰西先生的衣服订单越来越少了。似乎当年能买得起衣服的大部分人，都已经买过了。在一个周六的晚上，怀特夫人说："春忙仿佛已经过去了。"

"是的，夫人。"劳拉说。

怀特夫人数出 1.5 美元，交给劳拉。"我这儿活少了，你下周一早上不用再过来了。"她说，"再见，劳拉。"

"再见！"劳拉说。

她在这里工作了六个星期，总共挣了 9 美元。在此之前，1.5 美元似乎是一大笔钱。而此时，9 美元似乎还远远不够用。如果再多干一个星期，就有 10.5 美元；如果再多干两个星期，就有 12 美元。

待在家里也是幸福的，干干家务和杂活，清清杂草种瓜果，带带玛丽去散步，采采地里的野花，期盼爸爸的回家。然而，劳拉总觉得心里空落落的，仿佛小镇已经将她驱逐在外。

她慢慢地行走在小镇的大街上。爸爸就在第二大街拐角处建楼。此时，他正站在一堆墙面板旁等劳拉。看见女儿过来，他便大喊道："瞧瞧这是什么，我们一起给妈妈带回去！"

墙面板的阴影处放着一只篮子，篮子上面盖着一个谷物口袋，篮子里可爱的小爪到处挠，"咕叽咕叽"把歌唱。这……这是一篮子的小鸡！

"博斯特先生今天带过来的，"爸爸说，"一共有十四只小鸡，活蹦乱跳，生龙活虎的！"一想到妈妈见到小鸡的兴奋之情，爸爸整张脸上都挂满了幸福的笑容。

他告诉劳拉："篮子不太重。你拿一边，我拿一边。我们平稳地把它们抬回去。"

父女俩沿着大街走出小镇，小心翼翼地提好篮子，往家的方向走去。一轮红日斜挂在西边，熊熊燃烧，金光闪闪，照亮天空几万里。空中闪烁着金黄色的光芒，东边的塞维湖晶莹光亮。篮内小鸡探探头，"叽叽喳喳"叫不停，外似乎在说"面世界真奇妙"。

"爸爸，怀特夫人不需要我去干活了。"劳拉说。

"嗯，我想大概春忙也快要结束了。"爸爸说。

在此之前，劳拉可一直都没想到，爸爸的工作也可能快要结束了。

"爸爸，木匠活也快干完了，是吗？"她问道。

"总不能指望干上一个夏天。"爸爸说，"不管怎么说，很快我又要忙着晒干草啦。"

过了一会儿，劳拉说："我只挣了9美元，爸爸。"

"9美元已经很不错了！"爸爸说，"你工作很优秀，怀特夫人很满意，不是吗？"

"是的。"劳拉诚实地点点头。

"那说明，你工作完成得很出色噢！"爸爸说。

不得不承认，劳拉从爸爸的话中获得了不少的满足感，心里也就舒坦了很多。更何况，手里还有一篮子小鸡要带给妈妈呢。

一见到父女俩提着小鸡进门，妈妈难掩喜悦之情。凯莉和格蕾丝凑过来，隔着篮子打量小鸡。劳拉告诉玛丽，小鸡们很健康很可爱，黑色眼睛像玛瑙，尖尖的爪子黄澄澄的。它们正在褪毛，脖子露出一块光秃秃的地方，而双翼和尾巴处已经长了不少羽毛。还真是各式各样的小鸡都有呢，包括斑点小鸡。

妈妈轻手轻脚地将小鸡放在围裙上。"这些小鸡，不可能是一窝孵出来的，"她说，"估计这里面啊，最多只有两只小公鸡。"

"博斯特家的鸡，养得这么早，很可能今年夏天，他们就计划吃油炸公鸡肉了。"爸爸说，"可能博斯特夫人从这群小鸡中间挑了几只小公鸡出来，准备养大了吃肉。"

"没错，换上几只小母鸡进来，以后会生蛋。"妈妈猜想，"这真是博斯特夫人的典型作风啊，哪儿还能见到这么慷慨大方的人呢？"

妈妈用围裙包住小鸡，一只一只地放进爸爸做好的鸡笼内。笼子上有板条，空气和阳光可以溜进去。还有一扇小木门，用木质插销固定。鸡笼虽然没有底座，却可罩在青草地上，这样小鸡就可随处啄食青草。一旦草皮被踩

坏，布满粪便，鸡笼又可挪到新鲜草地上去。

妈妈拿来一只旧的馅饼盘子，放进香脆可口的糠饲料，适当混合些胡椒粉。饲料盘刚放进鸡笼，小鸡便一拥而上，贪婪地吞食每一粒饲料，有时还会不小心地把自己的脚趾头也啄上一两口。当肚子撑到再也吃不下时，它们就会到水盘边歇息喝水。尖尖的下喙真是舀水的好勺子。小鸡们脖子一伸，脑袋一仰，"咕咚咕咚"水下肚。

妈妈说，凯莉的任务是给小鸡喂食，使水盘里保持清凉而干净的水。明天，她就会放小鸡出来活动，格蕾丝的任务是提防老鹰捕捉小鸡。

吃完晚饭，妈妈让劳拉去看看小鸡们是否安全睡着了。黑漆漆的草原上空，繁星闪烁。弯弯的月儿似镰刀，高挂在西边的夜空。青草一呼一吸，煞是温柔，在寂静的夜里酣然入睡。

小鸡窝在鸡笼一角，抱团入睡。劳拉轻轻地抚摸它们的毛发，感受着这群调皮蛋的呼吸声。夏夜静谧，劳拉起身，浑然不知已经站了多久，直到看见妈妈从屋内出来。

"噢，可算找到你了，劳拉。"妈妈轻声地说。她蹲下身来，推开笼门，轻抚这簇拥一团的小鸡。而后，她也站起身来，望着这迷人的夜空出神。

"这地方看起来真的像一个农庄了。"妈妈说。黑夜里，燕麦地和玉米地白茫茫一片，菜园里的叶子黑乎乎的，左一团，右一团。一池星光洒在菜园里，照亮了黄瓜藤和南瓜藤。低矮的草皮马厩已经消失在夜色里。有一道温暖的黄光从小屋窗户透出来。

突然，劳拉不假思索地说道："噢，妈妈，我真希望玛丽这个秋天就能上学。"

妈妈的回答真令人始料未及："或许有这个可能。我和你爸爸一直在谈论这件事。"

劳拉惊讶得说不出话来。过了一会儿，她问："您……您跟玛丽说过了吗？"

"还没呢。"妈妈说，"我们不能给她希望，以免她失望。但是，爸爸工作有工资，燕麦、玉米也能卖钱。如果一切进展顺利的话，我们想，她今年秋天就能上学。我们必须相信自己，一定能供她念完七年的课程，包括课程学习和手工训练。"

此时此刻，劳拉第一次意识到，玛丽一旦去上学，就要远离家人了，就一整天都不在家了。劳拉无法想象，没有玛丽的生活会是怎样。

"噢，我希望……"她欲言又止，想想自己曾经多么渴望玛丽能够去上学啊。

"没错，我们会想念她的。"妈妈语气平和地说，"但是我们也该想想，如果能上学，这对她而言，该是多么珍贵的机会啊。"

"我知道，妈妈。"劳拉略带伤感地说。

如今，黑夜变得更加深沉更加空旷。屋内的灯光既温暖又明亮，但是玛丽一走，家就再也不是以前的家了。

妈妈说："你的9美元可帮了大忙，劳拉。我一直在计划，有了这9美元，我能买点布料给玛丽做件新裙子，或许还能买点天鹅绒给她做顶新帽子。"

8. 7月4日国庆节

"轰隆隆!"

劳拉一下子从睡梦中惊醒,漆黑的房间里传来凯莉的声音,显得既微弱又害怕:"那是什么声音?"

"不要怕!"劳拉回答说。她们竖起耳朵,认真地听。窗外依然一片黑暗,天还蒙蒙亮,但是劳拉隐约感觉夜已过半。

"轰隆隆!"又一声巨响,仿佛连空气都在震动。

"好枪法!"爸爸睡眼惺忪地说。

"什么?什么?"格蕾丝吓坏了,"爸爸,妈妈,那是什么?"

凯莉问:"是谁?他们在射击什么?"

"现在几点了?"妈妈问。

爸爸透着隔间回答说:"今天是7月4日国庆节,凯莉。""轰隆隆!"空气再次震动起来。

这可不是真的枪声,而是火药爆炸的轰鸣声!就在小镇铁匠铺的铁砧底下!这声音震耳欲聋,仿佛美国人打响自由之战,争取独立和自由的战斗之声。就在7月4日这个特殊的日子,美国人第一次宣布,所有人生而自由、生而平等。"轰隆隆!"

"女儿们,我们起床吧!"妈妈喊道。

爸爸唱起歌来："噢，你能否看到，黎明的曙光？"

"查尔斯！"妈妈嘴上劝爸爸小声点，心里却偷着乐，"天这么黑，哪来的黎明曙光？"

"没必要这么较真！"爸爸跳下床，放声高呼，"万岁！我们是美国人！"他唱道：

> 万岁！万岁！欢乐之歌唱起来！
> 万岁！万岁！旗帜飘飘自由来！

澄静的天空上，太阳面带笑容闪亮登场，仿佛知道今天是光荣的国庆节！早餐时，妈妈说："今天天气好，正适合7月4日国庆节野餐。"

"也许明年的今天，小镇才有能力举办一次大型野餐。"爸爸说。

"不管怎么说，今年要搞个像样的野餐也是一件难事。"妈妈承认，"没有油炸鸡肉，怎么算得上野餐？"

美好的一天从喧闹的早晨开始，可这一整天仿佛都空落落的。今天如此特殊，应该举办特殊的活动，但能有什么特别的呢？

"我想穿得美美的。"大家在洗碗时，凯莉突然说道。

"我也是，但穿上那么漂亮的衣服干吗呢？"劳拉说。

当劳拉端出洗碗水，远远地泼向房子外面时，她看见爸爸正在打量燕麦地。它们长得既高大又厚实，安静地随着风儿泛起一片灰绿色的涟漪。玉米也在茁壮成长，它那细长的叶子呈青黄色，随风微微而动，几乎掩盖了整块地皮。菜园里，青瓜藤伸出长长的小手，蔓延的藤尖舒展在成片的大叶子之下。一排排豌豆叶和菜豆叶向内收拢。一列列青色胡萝卜仿佛长满了羽毛。一头头甜菜的红茎之上，直直竖起黑黝黝的长叶子。樱桃树虽小，却已成林。在野草丛中，小鸡啄着虫儿当饭吃。

就普通日子而言，欣赏这般景色，足以让人心满意足。可今天是7月4日国庆节，似乎还应该发生点别的。

爸爸也有这种感觉。7月4日，除了家务，他没有其他活儿可干。过了一会儿，他走进屋内，告诉妈妈："今天小镇有庆典，你想去看看吗？"

"什么样的庆典？"妈妈问。

"主要是赛马，不过他们也准备了柠檬水给大家喝。"爸爸回答说。

"女人可不愿看赛马。"妈妈说，"今天7月4日，没有收到邀请，我可不好意思突然跑过去，大喊大叫给马儿加油助威。"

劳拉和凯莉站在一旁，心中那股渴望劲儿几乎快爆发了。妈妈想了想，摇摇头，说："你去吧，查尔斯！格蕾丝还太小，终归去不了。"

"待在家里更好。"玛丽说。

劳拉可不答应："噢，爸爸，如果你去，凯莉和我能跟着去吗？"

爸爸犹豫的眼神突然发亮，直溜溜地看着劳拉和凯莉。妈妈也冲这姐妹俩笑了笑，表示同意。

"可以啊，查尔斯，你们一起出去玩玩吧。"她说道，"去地窖拿点黄油上来，凯莉。你们快去穿衣服，我来给你们做黄油面包，带在路上吃，好不好？"

突然间，国庆节的气氛浓郁了起来。妈妈制作三明治，爸爸擦好靴子，劳拉、凯莉姐妹俩匆匆洗漱换衣服。幸运的是，劳拉已经洗完并烫好那件印有枝叶图案的印花棉布衣服。她和凯莉轮流站在洗脸盆前，清洗脸蛋、脖子和耳朵。在原色棉布连衫裤上，她们穿上了漂白的棉布衬裙，直挺得"咔咔"作响。洗完头发，扎好辫子，劳拉将沉重的辫子在头上绕几圈后盘起，再将周日发带系在凯莉的辫子尾。穿上心仪的衣服，劳拉仔细地扣好背部的纽扣。长裙子底部的褶皱都快碰到鞋面了。

"帮我扣一下纽扣好吗？"凯莉问道。原来，她够不着背部中间的两颗纽扣，还把其他纽扣全给扣反了。

"7月4日庆典，可不能把纽扣反着扣噢。"劳拉说完便解开了凯莉的纽扣，重新扣好。

"如果不这样扣，它们就会扯着我的头发。"凯莉说，"我的辫子会卡在中间。"

"我知道，以前我也这样。"劳拉说，"但是，你必须忍一忍。等到长大了，你就能把头发盘起来了。"

她们还不忘戴好太阳帽。爸爸手里拿着装有三明治的棕色袋子，正在外面等着姐妹俩。妈妈从头到脚打量着她们，满意地说："你们看起来真美丽！"

"与我两个漂亮的女儿同行，真是乐事一件啊！"爸爸说。

"你看起来很精神，爸爸。"劳拉说。他的靴子擦得特别光亮，胡子修得整整齐齐。尤其是，他还穿上了礼拜西服，戴上了宽边毡帽。

"我也想去！"格蕾丝又吵又闹。即便妈妈说"不行，格蕾丝"，她还是坚持嚷嚷着："我也要去！"因为家里数她最小，全家人都快把她给宠坏了。现在，必须把她的任性举动掐死在摇篮里。爸爸严厉地抱起她，放在椅子上坐好，一脸严肃地告诉她："听妈妈的话！"

而后，父女三人出发了，这一个小插曲令大家心生不快。虽然有点于心不忍，不过是时候治治格蕾丝的霸道无理了。如果明年，小镇还有大庆典，或许全家人可以一起坐马车去观看，也就能捎上格蕾丝了，可是现在，他们决定走着去，如果让马儿在拴马柱旁边忍受酷热，它们也会筋疲力尽的。格蕾丝还太小，走不完全程，更不用说从小镇走回家。而眼下，她也逐渐长高，抱着她过去并不容易。

还没进城呢，他们就听到一阵类似玉米爆破的声音。好奇的凯莉询问这是什么，爸爸说那是鞭炮在"哔哩啪啦"作响。

小镇的整条大街上，拴满了马儿。人行道上，大男人和小男孩肩碰肩，几乎没有转身之地。除此之外，男孩还不停地往尘埃漫天的街道上扔小鞭炮，啪啪作响，吓坏旁人。

"我不知道，原来庆典是这样的。"凯莉嘟哝小嘴。劳拉也不喜欢这种乱哄哄的场景。以前，她们从未挤进熙熙攘攘的人群中。除了随着人潮上下涌动，实在没有其他办法。身边陌生人这么多，让人多不舒服啊！

姐妹俩跟随爸爸穿过两个街区，并来回走了两次，而后劳拉开口问爸爸，她和凯莉能不能待在他正在建的商店里。爸爸说，这是个不错的主意，姐妹俩可以在楼上看人来人往，而他也能放心出去多溜达一会儿。之后，他们可以一起享用午餐，观看赛马。爸爸领着她们走进空荡荡的房子，劳拉关上了房门。

置身此地，回声嘹亮，姐妹俩很是快活。瞧瞧后厅那间空荡荡的厨房，全家人曾经在这里度过那个漫长的严冬。踮起脚尖，她们一步一步往上爬，来到楼上的卧室。这儿空无一物，却热气腾腾。她们站在这里，沿着前窗往下看。那儿人头涌动，鞭炮跳动，爆炸成灰，消失在尘埃中。

"真希望咱们也能玩玩鞭炮。"凯莉说。

"这可不能玩儿，它们都是真枪啊！"劳拉故作正经地说，"我们正驻扎在提康德罗加堡，楼下是英国人和印第安人。我们是美国人，正在为自由而战。"

"守在提康德罗加堡的可是英国人，后来格林山兄弟会攻破此地，夺取要塞。"凯莉认为劳拉说得并不对。

"那么就想象，我们与丹尼尔·布恩一起驻扎在肯塔基州，这就是那条拦击敌人的木栅栏，"劳拉说，"只是后来，他被英国人和印第安人抓走了。"史实摆在眼前，劳拉不得不承认。

"别扯别的啦，小鞭炮卖多少钱？"凯莉问。

"即便爸爸有钱，花钱制造噪音也是一种愚蠢的行为。"劳拉说，"瞧

瞧那匹栗色小马，英姿飒爽！要不我们都来选选自己喜欢的马儿吧？你先选好吗？"

窗外的景色让她们目不暇接，姐妹俩看得不亦乐乎，浑然不知晌午已至。而后，楼下传来爸爸的脚步声，"女儿们！你们在哪里？"

她们飞奔下楼。想必爸爸玩得很愉快，双眼直溜溜地闪烁着喜悦的光芒。"瞧瞧我带了什么好东西回来！烟熏鲱鱼，搭配我们的黄油面包，最合适不过啦！看这儿还有什么！"他搜出一小袋鞭炮。

"噢，爸爸！"凯莉大喊，"您花了多少钱买的？"

"一分钱不用。"爸爸说，"这是巴恩斯律师送给我的，他让我带给女儿们玩玩。"

"他究竟为什么要这么做？"劳拉问道，因为自己从没听说过这个人的存在。

"噢，估计他是想当官从政。"爸爸说，"所以他对每个人都笑脸相迎，慷慨大方。女儿们，咱们现在点鞭炮，还是吃完午饭再玩？"

劳拉和凯莉不约而同想到一块儿去了。她们看看彼此，心照不宣。凯莉说："我们把鞭炮留着吧，爸爸，带回家给格蕾丝玩。"

"也好。"爸爸将鞭炮放回口袋里，解开烟熏鲱鱼的包装，劳拉打开三明治袋子。这鲱鱼可真美味啊！他们留了一些，准备带回家给妈妈。吃完最后一小块黄油面包，他们来到一口又长又深的井水旁边。爸爸打上一桶甘甜的井水，大家一起凑在湿漉漉的桶子边缘，"咕噜咕噜"地喝着水。然后，洗洗双手，洗洗热脸，再用爸爸的手帕擦干净手和脸。

现在是时候去看赛马了。喧闹的人潮穿过铁轨，涌向草原。那儿插着一根旗杆，上面飘着一面美国国旗。天空湛蓝，太阳温暖地照耀大地。清风徐徐，迎面吹来。

就在旗杆旁边，一个男人高高地站在人群之上，想必一定是站在了什么

53

东西上。人们自觉地停止交谈，安静地听他讲话。

"大家好！"他说道，"我不是很擅长公共演讲，但今天是光荣的7月4日。就在百年前的今天，我们的先祖推翻了欧洲暴君的独裁统治。尽管那时候，这片土地上还没有多少美国人，但他们忍受不了君主专制统治的压迫，所以决心站起来，抗击英国暴徒、凶猛佣兵，以及杀戮成性的红皮肤野人。骄奢淫逸的贵族人将他们流放到此，纵容他们烧杀抢掠、无恶不作。面对这群强大的敌人，为数不多的美国人严阵以待，与敌人决一死战，不胜利不回家。他们也确实狠狠地给了敌人几记响亮的耳光。没错！我们在1776年击退了英国人，1812年再次击退了他们！不到二十年，我们就光荣地将君主专制制度赶出墨西哥，赶出这片大陆！没错，光荣的史实历历在目，鲜艳的国旗头顶飘扬。我在此庄严宣誓，无论何时，绝不让欧洲独裁者踩在美国人的头上，否则，我们会再次扛枪举炮，与他们斗争到底！"

"万岁！万岁！"大家一起呼喊。劳拉、凯莉和爸爸也跟着高呼："万岁！万岁！"

"今天，我们齐聚一堂，"那人继续说道，"在上帝之国，我们每个人都是自由而独立的个体。美国也是全球唯一的'国民独立而自由'之邦。今天是神圣的7月4日，当我们想起这些大事件的起始，理应举办更大型更豪华的庆典。然而，我们今年还没有这个能力。大部分人还只能勉强养家糊口。到了明年，希望在座各位，如果有人生活条件改善了，能捐点钱出来，那时，我们再筹办真正大型的国庆盛典。与此同时，我们今天站在这里，庆祝7月4日国庆节，就应该有人宣读《独立宣言》。很荣幸，今年我当选了，所以请大家振奋精神，摘下帽子，我马上要开始朗读《独立宣言》了。"

劳拉和凯莉当然能背出《独立宣言》，然而每次听到这些文字，她们不免心生一种神圣而光荣的感觉。姐妹俩握紧双手，与人群一起庄严地聆听。天空澄静而湛蓝，星条旗光荣地随风飘扬在上空。人们口中念念有词，字未入耳口先动：

"在有关人类事物的发展进程中，当一个民族必须解除其与另一个民族之间的政治联系，并在世界各国之间，按照自然法则和上帝的旨意，接受独立和平等的地位时，出于对人类舆论的尊重，必须把他们不得不独立的原因昭告天下。

"我们认为，以下真理是不言而喻的：人生而平等，造物者赋予他们不可剥夺的权利，其中包括生命权、自由权和追求幸福的权利……

然后，长长地细数，那一条条大不列颠帝国的罪状。

"他力图组织各州人口增长……

"他阻挠司法的执行……

"他将法官置于个人意志的支配之下……

"他滥设新官署，委派大批官员，骚扰民众，吞噬钱财……

"他在我们的海域大肆掠夺，蹂躏我们的沿海地区，烧毁我们的城镇，残害我们人民的生命……

"他此刻正在调运大量的外籍佣军，制造死亡、毁灭和暴虐。他的残暴和背信弃义，即使在人类历史上最野蛮的时代，都实属罕见。他完全不配作为一个文明国家的元首……

"因此，我们聚集大会中的美利坚合众国的代表们，以殖民地的善良人民之名，并经其授权，向全世界最崇高的正义人士证明我们的意图，同时庄严宣布：

"联合殖民地从此成为，而且按其权利必须成为自由而独立的国家；它们已经解除一切效忠于英王室的义务，从此完全断绝、并必须断绝与大不列颠王国之间的一切政治联系。作为自由而独立的国家，它们享有宣战权……

"为了拥护此项宣言，我们怀着神明保佑的坚定信心，以我们的生命、我们的财产和我们神圣的荣誉，互相宣誓。"

这时候，没人欢呼，没人雀跃。此次此刻，说"阿门"似乎更适合，然而没人知道该怎么做。

突然，爸爸开始唱起歌儿来。全部人立即跟着唱：

> 我的祖国，
>
> 美丽的自由之邦
>
> 我为您歌唱……
>
> 愿神圣的自由之光，
>
> 永远照耀这片土地；
>
> 愿伟大的主，我们的王！
>
> 永远保佑我们。

渐渐地，人群四散开来，而劳拉依然站在原地。她突然冒出了一个新想法。《独立宣言》和自由之歌同时响起，这不就是在说：上帝是美国的国王吗？

她心想：美国人从不听从地球上任何国王的指令。美国人生而自由，遵循自己的良知做事。没有国王可以对爸爸颐指气使，他就是自己的国王。当我再长大一点儿以后，爸爸和妈妈就不会再告诉我该做什么了，任何人都无权对我发号施令。我要依靠自己的力量，努力成为一个好人。

瞬间，劳拉的心头荡漾着这种思绪。原来这就是自由的含义啊！自由意味着做好人，做善事。"神父是自由的开创者……"自然法则和上帝旨意赋予你生存权和自由权。而后，你必须遵循上帝的律法，因为只有它才能赋予你自由的权利。

不容劳拉多想，凯莉就好奇地盯着姐姐看，为什么她站在那儿一动不动呢？那一头，爸爸说："过来这边，女儿们！这里有免费的柠檬汁可以喝！"

旗杆旁的草地上放着几个大桶。好几个男人正在排队，轮流拿起锡制长柄勺，舀起柠檬水，酣畅淋漓地一饮而尽。一人喝完，便将勺子传给下一个人，然后慢悠悠地走回赛道，跳上小马车。

劳拉和凯莉有点畏缩不前，上一个喝柠檬汁的男人正好瞧见了她们，便把勺子交给爸爸。爸爸从桶里舀起一勺柠檬汁，递给凯莉喝。桶里满满的都是柠檬汁，上面还漂浮着许多柠檬片。

"我看见他们往里面放了很多柠檬，所以味道应该不差。"爸爸说。凯莉慢慢地往肚子里灌入可口的柠檬汁。她的眼睛圆溜溜地直打转，闪烁着愉快的光芒，这可是她第一次喝柠檬汁啊！

"这柠檬水是他们刚刚调配好的。"队伍中的一个人告诉爸爸，"这水刚从酒店的井里打起来，所以非常清凉。"

另一个人说："这也说不准，好不好喝要看他们放进去多少糖。"

爸爸又舀起一勺柠檬汁，递给劳拉。以前住在明尼苏达州时，还是个小女孩的她，曾经在妮莉·奥尔森的宴会上品尝过这种饮料。这会儿的柠檬汁更加美味，她一饮而尽，给爸爸说了声感谢。适可而止，再喝可就不礼貌了。

等爸爸喝完柠檬汁，父女三人穿过被人踩坏的草地，来到赛道旁边，融入人群中。前方，一大圈的草地被开垦，所有的草皮被耙开。犁头带着锋利的犁刀，将黑土整理得既平滑又整齐。除了被人和马车碾过的赛道以外，圈子中间和赛道周围，绿草青青，随风招手。

"哇，下午好，博斯特先生！"爸爸大喊。博斯特先生正从人群中挤过来，他刚好赶到小镇，总算没有错过比赛。不过，博斯特夫人跟妈妈一样，更喜欢待在家里。

四匹小马出现在赛道上，两匹栗色，一匹灰色、一匹黑色。四个男孩骑在马背上，站成一路纵队。

"如果打赌，你会把赌注压在哪匹马上？"博斯特先生问。

"噢，当然是那匹黑色的！"劳拉大喊。阳光下，黑马的皮毛闪闪发光；

微风中，长长的鬃毛和尾巴如丝绸般飞舞。它晃动细长的头颅，轻快地踏起脚步。

"预备！跑！"一声令下，所有马儿往前飞驰。人群欢呼雀跃。黑马真可谓一马当先，它压低身子，往前冲刺，将其他马儿远远甩在后头。马蹄声"咚咚"响起，卷起漫天灰尘，淹没了它们的身影。转眼间，所有马儿竭尽全力，冲到了赛道较远的那一头。渐渐地，灰马加快速度，冲到了第一方阵。黑马、灰马，并驾齐驱，当仁不让。而后，灰马迎头赶上，抢在最前，人群呐喊。此时，劳拉心里仍对黑马抱有一丝希望。只见它全力以赴，一点儿一点儿地又反超了灰马。它的头已经超过了灰马的脖子，它那膨胀的鼻子几乎与灰马的鼻子齐平。突然，四匹马冲下赛道，身影越来越清晰，阵阵灰尘扬起。白鼻子的栗色马儿掠过黑马和灰马，率先冲进终点线。掌声欢呼声不绝于耳。

"如果你赌的是黑马，你可输了噢，劳拉。"爸爸说。

"尽管如此，它仍然是长得最漂亮的马。"劳拉回答说。她从来没有感觉这么兴奋过。凯莉眼光闪烁，脸颊通红，满脸喜悦。尽管辫子被扣子钩得一团乱，她还是毫不在意地扯散它。

"还有吗，爸爸？还有比赛吗？"凯莉问。

"当然有，接下来是小马车比赛。"爸爸回答说。博斯特先生又开起玩笑来："这回选的队伍可不能再输噢，劳拉！"

栗色马队拉着一辆轻质马车，穿过人群，进入赛道，闪亮登场。它们配合默契，步伐轻盈，仿佛身后的小马车毫无重量。之后，其他队伍和小马车陆续进入赛道，但劳拉几乎没留意，因为那儿有她熟悉的棕色马儿。它们昂首挺胸，摇摇脑袋，晃晃脖子，光滑的双肩闪闪发亮，棕色的鬃毛随风起舞，敞亮的额头下方，藏着敏锐、明亮而温和的眼睛。

"噢，看！凯莉，快看！那是棕色摩根马！"她大喊。

"这是阿曼罗·怀尔德的队伍，博斯特。"爸爸说，"不过，马儿后面拉着的是什么东西？"

阿曼罗·怀尔德高高地坐在马儿上方的座位上，往后推了推帽子，看起来兴致勃勃，信心满满。

他把马队赶到队伍当中，呈纵队排开。只见他坐在一只高高的椅子上，下面是一辆又长又重的大马车，侧面还开有一扇门。

"这是他的哥哥罗耶的小贩车。"附近一个男人说道。

"比起其他轻飘飘的小马车，这辆车这么重，他怎么可能有胜算？"另一个人说。所有人都眼睁睁地盯着摩根马和大马车看，议论纷纷。

"后面那匹马名叫'王子'。去年冬天，阿曼罗就是骑着它走了四十里路，跟卡普·加兰德一起载回小麦，我们才没有饿死。"爸爸告诉博斯特先生，"另一匹马名叫'公主'，曾经跟着羚羊群跑到几十里外。它们都是行动敏捷、速度快乘的好马儿啊！"

"真是不错。"博斯特先生表示赞同，"可拉着这么重的马车，怎么可能战胜山姆·欧文的栗色马队？他的马车可是轻得很。可能是这个年轻人找不到一辆轻便小马车来比赛。"

"这个年轻人很独立。"有人说，"他宁愿骑着自家的大马车输掉比赛，也不愿意骑着借来的小马车赢得胜利。"

"实在是太遗憾了，他居然没有小马车。"博斯特先生说。

迄今为止，棕色摩根马在赛道上昂首挺胸，算得上是最漂亮的马儿了。它们似乎一点儿也不介意身后拉着的是笨重的大马车，潇洒地晃晃脑袋，机警地竖起耳朵，骄傲地抬起马蹄，好像站在地上不太舒服似的。

"噢，多么遗憾啊，它们没有公平比赛的机会。"劳拉心想。她握紧双手，心里多么渴望这两匹骄傲而神气的马儿能获得公平比赛的机会。然而，身后拖着这么重的大马车，它们怎么可能赢得胜利？劳拉不禁大喊："噢，这太不公平了！"

比赛开始。栗色马队一马当先，跑到队伍的最前面。马儿小跑，车轮转动，仿佛飞离了地面。每辆疾驰的小马车都很轻小，而且都是单人座。两人座的小马车十分少见。美丽的摩根马拉着又高大又沉重的小贩车，落在了队伍的最后面。

"这原本是全国最好的马儿。"劳拉听到有人说，"但是丝毫没有胜算。"

"没错，"另一个人说，"大马车太笨重，它们跑不起来。肯定没错，它们一定会乱了阵脚。"

但是，马车虽大，马儿还是跑了起来，一路奔跑不停歇。八只马蹄齐向前，步伐一致，行云流水一般的流畅，一阵灰尘扬起，掩盖了它们的身影。赛道的远方，马队和小马车正全力加速，冲破尘云。一辆小马车——不，是两辆小马车！马车被小贩车赶超！三部！现在，只有栗色马还保持着领先的优势。

"噢，加油！加油！赢得胜利！"劳拉几乎在乞求摩根马。她多么渴望马儿能跑得快点，再快点！她紧张得仿佛是自己在驾着两匹马拉着马车一路狂奔。

它们几乎就快跑完整个赛道了！拐个弯，就是冲刺的直线，栗色马队依然冲在最前方。摩根马不可能赶超它们，它身后的马车太重了。尽管如此，劳拉还是继续祈祷。"快点，快点，再快一点儿点！噢，加油，加油！"

阿曼罗坐在高高的马凳上，他俯下身子，似乎跟马儿说了什么悄悄话。马儿步伐稳健，越冲越快，脑袋已经超过欧文的小马车了！稳稳当当的，摩根马从栗色马队旁边冲了过来。"咚咚咚"，马儿越跑越快！四匹马儿使尽全力，慢慢抬起头来，往终点线冲过去。

"平手！天啊，该不会是平手吧！"一个男人喊道。

突然间，欧文拿出马鞭，"啪啪！"一下、两下！"驾驾！"一声、两声！栗色马队振奋精神，全力冲刺。阿曼罗没有马鞭，俯身向前，轻轻抓稳缰绳，仿佛又跟马儿说了几句悄悄话。摩根马健步疾飞，仿佛两只燕子，飞越栗色马，飞过终点线。它们居然赢啦！

全体欢呼，围向棕色摩根马，围向高高坐在大马车上的阿曼罗。劳拉发现，自己一直在屏住呼吸，双膝发抖，几乎快站不稳了。她真想呐喊、大笑、大叫，却又想坐下来，好好歇会儿。

"噢，它们赢了！赢了！赢了！"凯莉拍拍双手，大声赞好。劳拉喜极而泣，什么话也没说。

"他赢了5美元。"博斯特先生说。

"什么5美元？"凯莉好奇地问道。

"小镇有人凑齐5美元，奖励给获得冠军的马队。"爸爸解释说，"这样看来，阿曼罗·怀尔德赢了5美元啊。"

劳拉很庆幸自己毫不知情。如果知道摩根马是冲着5美元的奖励去的，她会接受不了的。

"阿曼罗可真有一套。"爸爸说，"这个年轻小伙子知道该怎样驯马。"

今天的比赛结束了，除了站在原地，听听人们讲话，似乎没有其他可以做的事情了。桶里的柠檬汁快见底了，博斯特先生舀上一勺子，给劳拉和凯莉分着喝。这会儿的柠檬汁虽然不够清凉，但却更加的甘甜。马队离开，人群四散，爸爸说是时候回家了。

博斯特先生与父女三人走在小镇大街上。爸爸说，怀尔德有个姐姐，在明尼苏达州东部教书。"她在小镇西部半英里外，承包了一块土地。她想让阿曼罗问问，明年冬天能否过来这边的学校教书。我告诉他，让他姐姐向校董事会递交申请。为公平起见，大家都有竞争上岗的机会。"

劳拉和凯莉看了看彼此。爸爸就是校董事会的成员，想必其他成员也跟他的看法一致。劳拉心想："如果我是个好学生，她又喜欢我的话，没准她愿意带上我，坐在美丽的摩根马后，一起去兜风呢！"

9. 画眉之灾

八月天气酷热，劳拉和玛丽只敢在清晨外出散步。那会儿，太阳还没升起，空气清新，温度不高，可以找点乐子玩。然而，两姐妹格外珍惜每次散步的时光，因为玛丽很快就要去上学，能一起散步的日子屈指可数了。

今年秋天，玛丽真的就要去上学了。全家人曾经多么渴望她能上学，而真正到了这个时候，大家又舍不得她离开。这一切都令人难以想象，因为没人知道盲人学校会是什么样子，大家都没见识过。不过，爸爸今年春天挣了大约100美元，菜园里的蔬菜瓜果收获颇丰，土地里的燕麦玉米长势喜人。正好玛丽做好了上学的准备，所以时机到了。

一天早上，姐妹俩刚散完步回家。劳拉发现，玛丽的裙子上面粘着很多草。劳拉努力把草往下摘，草儿就是不松口。

"妈妈！"她大叫，"快来看看这些好玩的草。"妈妈从来没见过这种草，它们的头看起来像弯弯的大麦芒刺，尾巴带着一个长1英寸的种子荚，上面的小尖点既光滑又坚硬，像极了针头。除此之外，茎秆上长满了坚硬的倒刺。

"哎呀！有东西咬我！"玛丽尖叫一声。原来就在她的鞋面上，有一株怪草刺穿袜子，钻进玛丽的皮肉中去了。

"天啊，这东西可真厉害！"妈妈说，"接下来，地里还会冒出什么奇形怪状的东西？"

爸爸中午回家时，母女几人向他展示怪草。他说，这是西班牙针草。一旦它刺进马儿或者牛儿的嘴巴，就会割破马儿和牛儿的嘴唇和舌头。它能够穿过厚厚的羊绒，钻进羊体内，常常能活生生地杀死一只羊。

"女儿们，你们是从哪里看到它们的？"他问道，值得庆幸的是劳拉无法回答这个问题，"如果你没有注意到它，那么它的生长面积还十分有限。通常来说，它成片生长，不断蔓延。你们到底走了哪些地方？"

劳拉倒是能够回答这个问题。爸爸说，他会处理掉这些草。"有些人说，趁它绿幽幽的时候，可以放一把火把它烧死。"爸爸告诉她们，"我现在就去放火烧，尽可能多地杀死一些种子。等到来年春天，我也会特别留意。一旦发现，立即烧死。"

午饭桌上，新鲜土豆刚出炉，配上香喷喷的奶油青豆，再加点洋葱，十分美味。每个盘子旁边，还放了一小碟成熟的番茄片，可以蘸着白糖和奶油吃。

"这菜可真丰盛啊！"爸爸说完，又舀了一勺土豆和豌豆。

"是啊。"妈妈开心极了，"现在，我们有足够的东西吃，能好好长长肉，弥补去年冬天的损失啦！"

在她的精心打理下，菜园长势喜人，妈妈感觉非常骄傲。"明天，我就能开始腌制黄瓜。藤蔓下面的小黄瓜长得可多可结实啦。土豆藤蔓十分茂密，几乎盖住了全部泥地，我很难找到下面的土豆，一时半会还挖不出土豆来。"

"如果不出意外，我们今年冬天能收获很多土豆！"爸爸高兴地说。

"我们还能吃上烤玉米棒子噢。"妈妈说，"今天早上，我看到有些玉米穗的颜色开始变深了。"

"我从未见过长得这么好的玉米。"爸爸说，"今年可得靠它们啦！"

"至于燕麦，"妈妈问道："燕麦有什么问题，查尔斯？"

"大部分被画眉鸟吃了。"爸爸告诉她，"我刚搭好禾束堆，上面就站满了密密麻麻的害鸟。它们吃光了所有能搜刮到的燕麦粒，除了秸秆以外，几乎没剩下什么。"

妈妈的脸色黯淡下来，而爸爸安慰她说："没关系，收成还是相当不错的。我一旦割好燕麦，扎好禾束堆，几枪就能把画眉鸟杀个精光。"

那天下午，劳拉正在缝补衣服，抬起头来穿针引线时，突然留意到，远处大草原热浪滚滚，一丝白烟随风舞动。原来是爸爸放下燕麦地的活儿，在西班牙针草地割出一道防火沟，然后放了一把火烧死这片恶毒之草。

"草原真美丽真温柔啊！"她说，"但是我还在想，下一步的考验会是什么。似乎我们要无休无止地战斗下去。"

"生存本来就是一场斗争。"妈妈说，"不是这种事，就是那种事。古往今来，都是如此，以后也不例外，越早适应越好，你的满足感也会大大增强。玛丽，快来试试这件紧身衣的尺寸吧！"

她们正在给玛丽缝一件最美的冬衣，玛丽上学时可以穿。房间里热气腾腾，太阳炙烤着薄薄的木板外墙和屋顶，她们的膝上盖着羊绒毯几乎使她们窒息。妈妈小心地缝纫这件衣服，还为此提前做了件夏天的裙子，来练练缝制花纹的手感。

她从报纸上剪下衣服版型，参考裁缝指引卡上面的不同尺寸的线条和图案。问题是，没有人是卡片上的标准身材。妈妈量好玛丽的尺寸后，在卡片上圈出袖子、裙子、紧身上衣的尺寸，然后剪下版型，参照着裁剪衣料。先虚缝衣服的衬里，再把衬里套在玛丽身上，调整接缝的针线位置。

劳拉从来不知道，原来妈妈是很讨厌缝纫的。尽管她从未露出难看的脸色，从未大声抱怨。然而，见她缝纫时双唇紧咬，眉心紧锁，劳拉就知道，她真的痛恨缝纫。

大家都担心，裙子做得不够时尚。因为买布料的那天，怀特夫人告诉她们，听爱荷华州的姐姐说，圈环裙在纽约重新流行起来了。小镇还没有圈环可以买，但克兰西先生正想着进点货。

"我真的不知道该怎么办。"妈妈坦言，她担心做不好圈环裙。去年，博斯特夫人买了一本《格迭斯妇女手册》。如果她今年也买了，问题就会迎刃而解。但是，爸爸平日必须收割燕麦和干草。一到周日，疲惫的他们又不愿意走远路，顶着热气去向博斯特夫人借书。一个周六下午，爸爸终于在小镇里碰见了博斯特先生。从他口中得知，博斯特夫人今年并没有订购《格迭斯妇女手册》。

"我们就把裙子做大一点，如此一来，一旦圈环裙回归，玛丽也能在爱荷华州买几个来穿。"妈妈做出了决定，"同时，她的衬裙应该能把裙子满满地撑开。"

她们给玛丽做了四条新衬裙，两条由未漂白的棉布制成，一条由漂白过的棉布制成，一条由精致的白细纱制成。沿着白细纱底部，劳拉小心翼翼一针一线地缝上了六码长的针织花边。这是去年冬天，她送给玛丽的圣诞节礼物。

除此之外，她们还给玛丽做了两条灰色的法兰绒衬裙、三条红色的法兰绒连衫裤。沿着衬裙的褶边，劳拉用绷三角针法缝上一圈明亮的红纱，衬着灰色法兰绒，显得格外好看。她用倒针法回缝了灰色衬裙、红色连衫裤的所有接缝，还沿着领口和袖口的部位，用绷三角针法打上了一层蓝纱花边。

去年圣诞节大礼包里的美丽纱线，这会儿全派上了用场。尽管用光了所有纱线，劳拉还是很开心，因为学校里其他女孩子的衣服肯定没有玛丽的漂亮。

回缝好玛丽的衣服接缝，妈妈小心翼翼地将其熨烫平整。劳拉将鲸骨缝进腋下接缝里，使它撑起衣服，再给巴斯克衫省缝。劳拉费了好大工夫，才把接缝的两端平整地缝在一起，不起一丝褶皱。如此一来，从外头看，巴斯克衫既平滑又整齐。这可真是一项累人的活儿，劳拉感觉背部酸痛。

玛丽的最美冬衣巴斯克衫已缝制完工，可以最后一试了。棕色的羊绒质地，棕色的细纱花边，棕色的纽扣在前。沿着纽扣两侧和衣摆，妈妈缝上了一道棕色和蓝色相间的格子花呢，中间跳跃着红色和金色的针线。缝上格子花呢高领后，妈妈手捧一段白色的机缝花边，准备缝在衣领里面，向外垂放，用作装饰。

"噢，玛丽，这件衣服实在是太美了。背部和肩部的位置都无褶皱。"劳拉告诉她，"这两只袖子绝对能紧紧贴合你的手肘。"

"它太……"玛丽说，"我不知道自己能不能扣上……"

劳拉绕到玛丽前面，焦急地说："先屏住呼吸，玛丽。松口气，再屏住呼吸！"

"太紧了。"妈妈绝望地说道。有些纽扣在扣眼里绷得太紧，有些根本就无法扣上。

"不要呼吸，玛丽！不要呼吸！"劳拉疯狂地说道，迅速解开绷紧的纽扣。"好了，你现在可以呼吸了。"刚脱下紧身上衣，玛丽如释重负，舒了口气。

"噢，我怎么会犯这种错误？"妈妈懊恼地说道，"上星期，紧身衣还挺合身的啊。"

劳拉突然想到："玛丽的束腹带！一定是玛丽的束腹带！一定是它的带子松开了。"

确实如此。玛丽重新吸入一口气，劳拉系紧束腹带，扣上紧身上衣。这回，瞧瞧这美衣衬美人，多么的完美！

"我很庆幸，自己还不到穿束腹带的年龄。"凯莉说。

"你就尽情地开心吧！"劳拉说，"很快，你就要穿上它了。"对劳拉而言，束腹带真是一种可悲的折磨，从早晨穿上它的那一刻开始，一直到晚上睡觉前才能脱下来。不过，当女孩子盘起头发，穿上长到鞋面的裙子时，束腹带就是必不可缺的物品。

"你应该一整晚都穿着它。"妈妈说。玛丽果真照做了，但是劳拉却无法忍受这种折磨，束腹带的钢丝会勒得她根本无法深呼吸。每天晚上睡觉前，她总会脱下束腹带。

"你的身体长得怎样，只有上帝才知道。"妈妈提醒她，"我刚结婚那会儿，你爸爸能用两只手围住我的小细腰。"

"现在不行了吧？"劳拉调皮地说道，"他还不是一样喜欢您？"

"不许调皮，劳拉。"尽管嘴上念叨劳拉，妈妈的脸颊还是泛起了一丝红光，她再也把持不住自己的笑容。

妈妈把白色花边塞进玛丽的衣领内，再用别针固定。花边从领口垂落，优雅得像条小瀑布，飞流在衣服前端。

所有人都往后退几步，好好好欣赏这件美丽的衣服。楔形布裙由棕色羊绒制成，从前面看，既平滑又紧身，却能满满地撑起侧身和背部，为圈环留足空间。前方裙子刚好齐地，后方裙子像是一列优雅的短火车。玛丽一转身，裙子就"嗖嗖"作响。整件衣服的底裙摆就像一片盛开的荷叶。

罩裙由棕蓝相间的格子花呢制成，前方绉缝，侧边开叉，好让底下的长裙露出来。背部完全舒展开，镶着一圈色彩艳丽的大波浪，罩在荷叶火车上头。

除此之外，穿着那条贴身而平整的紧身衣，玛丽的腰部显得特别细小。一颗颗棕色的小纽扣，排着整齐的队伍，跑向玛丽下巴底下那道白色柔软的花边瀑布。棕色羊绒似油漆，光滑地沿着肩膀顺下来，一直延伸到手肘处，肩部收紧，手肘放宽。袖口绉缝格子花呢，在手腕处微微敞开，露出一层白色花边，罩着玛丽的纤细的手。

穿着这件新衣，玛丽显得格外美丽！比起格子花呢上的金丝线，她的头发更加光滑更加金亮。比起格子花呢上的蓝丝线，她那双看不见的眼睛更加湛蓝。她脸颊泛红，多么时尚！

"噢，玛丽。"劳拉说，"你就像刚刚从时装样片里面走出来一样。学校里一定没有人能与你相媲美。"

"我看起来真的那么美吗，妈妈？"玛丽害羞地问道，粉色脸颊更加通红。

这一次，妈妈成全了玛丽的虚荣心："是的，玛丽，你看起来美极了！"她说道，"你不仅十分时尚，还特别美丽。不管去到哪儿，你都会是众人眼中一道亮丽的风景线。谢天谢地，你这套衣服啊，任何场合穿都合适！"

她们不能再盯着玛丽看了。穿着羊绒衣服，玛丽快热晕过去了。她们最终小心翼翼地帮玛丽脱下衣服。这次制衣特别成功！现在，还有几件事情需要做。妈妈要给玛丽做一顶天鹅绒冬帽和几对长筒袜。劳拉要给玛丽编织一双棕丝线手套。

"我可以利用空闲时间来织手套。"劳拉说，"衣服已经缝好，我刚好能够帮爸爸晒干草。"

她喜欢跟着爸爸干活儿，她喜欢户外的风吹日晒。除此之外，她偷偷藏着一个小秘密，那就是能在堆干草的时候，悄悄脱掉束腹带。

"那好吧，你能帮帮爸爸装卸干草也好。"妈妈的回答十分勉强，"但是，所有干草都要拉到小镇噢。"

"噢，不！妈妈，我们又要搬进小镇吗？"劳拉尖叫起来。

"注意你的音调，劳拉。"妈妈轻声地说，"要记住，女人要低声说话、轻言细语。"

"我们必须搬去小镇吗？"这回，劳拉嘟着小嘴，放低音调。

"爸爸和我商量过，这间小棚屋不耐风吹、不耐雨淋，在这里过冬无疑是在冒险。"妈妈说，"你也知道，如果去年冬天我们待在这里，根本就不可能活下去。"

"今年冬天，也许天气并不坏啊！"劳拉不断恳求妈妈，留在草原过冬。

"我们可不能拿生命去冒险。"妈妈态度坚决。劳拉知道，这件事已经定下来了，再也没有商量的余地了。今年冬天，他们要住在小镇里面，自己还是要尽快适应。

那天傍晚，夕阳余晖洒在燕麦田上，一群画眉鸟在空中嬉戏打闹。爸爸拿出猎枪，朝它们扫射过去。"嘣、嘣、嘣！"爸爸不愿意举起枪把，家里没人喜欢听到枪响，但这件事非做不可。爸爸必须保护农作物。艾伦和仔牛能靠干草来过冬，但燕麦和玉米可是经济作物啊。用它们卖钱，缴税和买煤才有着落。

第二天，清晨的露水刚刚滴落草尖，爸爸就开着割草机外出割草了。屋子里，妈妈正在制作玛丽的天鹅绒帽子，劳拉正在编织棕丝线手套。时间已到十一点整，妈妈说："天啊，已经到准备午饭的时间了。劳拉，快快跑去地里，看看能不能找到一些成熟的玉米棒子，咱们煮着吃。"

如今，玉米长得比劳拉还高，长长的叶子沙沙作响，弯弯雄穗点头哈腰，多么美丽的一道风景啊！劳拉从一排排玉米中间穿进去，"哗啦"一下子，地里飞起一大群黑色的鸟儿，在空中盘旋。它们拼命扇动翅膀，这声音比风吹叶子还响亮。鸟儿真多，仿佛一团乌云，笼罩在玉米地的上空。它们迅速飞过玉米地上空，重新找了一块落脚地。

玉米棒子像耳朵一样长在玉米秆上，几乎每株玉米都有两只耳朵，有些还有三只呢。雄穗又干又空，只剩一点儿花粉在空中飞舞。雌穗花丝就像一头浓密的青头发，从墨绿的玉米籽皮尖儿上长长地垂落。一簇簇花丝正在变黄，这儿是，那儿也是！籽皮里装满了玉米粒，劳拉轻轻一掐，收获满满。为了防止把不成熟的玉米摘下，劳拉总会事先掰开籽皮，瞧瞧里面一排排玉米粒是否已经呈现乳黄色。

画眉鸟围着劳拉绕圈圈。突然间，劳拉惊呆了。这些臭鸟儿竟然在……吃玉米！

劳拉仔细一瞧，到处都是光秃秃的玉米棒！玉米皮儿被掰开，里头竟是空落落的。穗轴上面无果实，玉米粒儿哪去了？劳拉站在原地，周围都是画眉鸟在飞。它们稳稳地抓住玉米穗，尖尖的嘴巴撕开玉米皮，飞快地啄食玉米粒。

劳拉既沉默又绝望地追赶它们，真想痛痛快快地大喊一声"啊"！她甩甩太阳帽，朝臭鸟儿扑打过去。它们挥动着翅膀，吵吵闹闹，飞到别处。前前后后，到处都是。它们站在玉米穗上，摇摇晃晃，扯开籽皮，吞下玉米粒。画眉数量众多，劳拉势单力薄，无论怎么挣扎，都无济于事。

她掰下几根玉米棒，包在围裙里，回到小棚屋。心跳加速，手腕摇晃，双膝颤抖。妈妈问："这到底是怎么回事？"尽管不情不愿，劳拉还是说："玉米地里有画眉鸟，我应该告诉爸爸吗？"

"画眉鸟吃玉米不多，不用担心。"妈妈说，"不过，你去给爸爸送一瓶冷饮也好。"

干草地里，爸爸可一点儿不担心画眉鸟。他说，已经把燕麦地里的画眉鸟射死了，估计得有一百多只吧。"它们或许会吃玉米吧，但这也是没有办法的事情。"爸爸说。

"不是的，实在太多画眉鸟了！"劳拉说，"爸爸，如果玉米收成不好，玛丽还能……还能上学吗？"

爸爸的脸色突然黯淡下来，"情况真的这么糟糕吗？"

"太多了！太可怕了！"劳拉说。

爸爸看了看太阳。"我再割一个多小时吧，估计它们也啃不了多少玉米。我回家吃完午饭，就过去收拾它们。"

中午时分，爸爸拿起猎枪，来到玉米地。他在一排排玉米地中间穿行，画眉鸟"哗啦"一下飞了起来。"嘣！"枪声一响，死鸟如冰雹般掉落。然而，其他画眉鸟很快又钻回地里去了。最后，爸爸的弹药夹打空了，也不见它们消停下来。翅膀"扑通扑通",声音威力不减。

燕麦地上,不见一只画眉鸟。它们已经吃光了每一粒燕麦,残株遍野。

妈妈心想,她带着女儿们,或许可以把画眉鸟赶出玉米地。她们也做过努力。就连格蕾丝也加入其中,在地里上下跑动,大声尖叫,挥舞遮阳帽。而画眉鸟呢,也只是飞起来打个圈,又落在了另外的玉米秆上,旁若无人地撕开籽皮,大快朵颐地啄食玉米粒。

"这样做是没用的,卡罗莱。"爸爸说,"我准备去趟小镇,买点弹药回来。"

他走后,妈妈说:"女儿们,看看爸爸回来前,我们能不能赶走这些臭鸟,好不好?"

于是,母女几人顶着炎炎烈日,在田间地头来回穿梭,偶尔还会跌倒在粗糙的草皮之上。她们一边大喊大叫,一边挥舞手臂。汗水流下脸颊,打湿背部。尖锐的玉米叶子划伤了她们的手臂,划伤了她们的脸颊。由于尖叫过度,她们的喉咙开始隐隐作痛。然而,画眉鸟也只是"哗啦"一下飞起来,在头上转两圈,又停到了另外的地方,继续享用美食。画眉鸟的数量实在太多了,它们站在玉米穗上,张开尖锐的鸟嘴,一番撕扯,一番啃咬。

最终,妈妈停了下来。"女儿们,这样做是没用的。"她说。

爸爸买回满满的弹药。整个下午,他都在射击画眉鸟。画眉鸟的数量实在太庞大,爸爸随便开一枪,都能射下来一只鸟。似乎越射击,画眉鸟越多。仿佛整个地区的画眉鸟都倾巢出动,赶来这里,享受美味的玉米大餐。

一开始,还只见普通的画眉鸟。后来,大只的黄头画眉鸟也扑了过来。还有一种红头画眉鸟,翅膀上带小红点儿。成百上千只臭鸟,齐聚于此。

早上,成群结队的画眉鸟从远处飞来,黑压压地洒在玉米地上。早餐过后,爸爸回到家里,两手满满全是打下来的臭鸟。

"我从没听过有人吃画眉鸟。"他说,"但这些肉是好肉,它们肥得就像黄油一样。"

"劳拉，拔光它们的毛发，切开清洗干净。我们午饭吃炸鸟肉。"妈妈说，"俗话说，大损失中总有一些小收益。"

劳拉把鸟去毛剥皮，清洗干净。中午时分，妈妈热起煎锅，放进鸟肉。"嘶嘶"声响起，鸟油四溢。午饭时，啃着香喷喷的鸟肉，大家赞不绝口。这是他们吃过的最嫩滑最美味的肉。

午饭过后，爸爸一手带回鸟肉，一手带回玉米。

"咱们就全当这次玉米没收成吧！"他说，"玉米还太绿，不过我们还是凑合着吃点吧，不然就全被画眉鸟啃光了。"

"哎呀，我怎么早没想到呢！"妈妈大叫，"劳拉和凯莉，快跑去地里，找找成熟的玉米棒。我们可以把它们制作成干玉米，储存起来过冬。"

劳拉明白，妈妈的心思全在画眉鸟上面，才没有早点想到这个好办法。玉米没收成，爸爸就必须从存款里面取点钱出来纳税买煤炭。如此一来，这个秋天，玛丽还怎么能上学？

地里的画眉鸟实在太多，它们在一排排玉米中间乱窜，翅膀狠狠地扑打劳拉的手臂和太阳帽。她感觉头顶受到了许多小小的撞击，面积虽小，力气却大。凯莉大喊，臭鸟在啄她！它们似乎认为玉米是自己的呢。画眉鸟轰然而起，嚣张地冲向姐妹俩的脸颊。叽叽喳喳，尖声厉语，还啃咬她们的太阳帽。

玉米所剩不多。即便最嫩的玉米棒也被抢食一空，上头的玉米粒可全是透明的水泡啊！姐妹俩共同努力，几个来回，还是抢回了一部分玉米棒，虽然大部分的玉米棒都半身不遂。

当劳拉努力寻找画眉鸟，想拿回家煎着吃的时候，却一只也没找到。妈妈不肯说这些鸟都去哪儿了。

"等着瞧吧！"妈妈神秘地说，"对了，煮玉米，切掉穗轴，拿来晒干。"

从穗轴上切下玉米粒是有技巧的。刀口必须平稳，一切一整列，需切得足够深才能得到完整的玉米粒，而又不能切得太深以防切到尖锐的粒头。刚切下的玉米粒冒出乳白色的浆汁，湿湿的，黏黏的。

妈妈将玉米粒洒在一张干净的旧桌布上，放在屋外的阳光下晒干，再罩上另一层布，防止画眉鸟、小鸡和苍蝇啄食。太阳火辣辣地炙烤玉米，等到冬天，再把它们浸泡煮开，就能食用了。

"这可是印第安人的做法。"爸爸回家吃午饭时说道，"卡罗莱，快承认吧，印第安人在这方面还是挺有想法的。"

"即使有，"妈妈回答说，"你也早说过了，还不止一次，我就用不着再提啦。"妈妈很讨厌印第安人，不过如今她满脑子都藏着小秘密，无暇多想。劳拉猜测，这肯定与消失的画眉鸟有关。"梳梳头发，过来坐好，查尔斯。"妈妈说。

她打开烤箱，取出锡制牛奶盘，里面装满了肉块，上面还覆盖了一层厚厚的金黄诱人的饼干脆皮。妈妈将烤盘放在爸爸面前，他惊呆了，"天啊，鸡肉派！"

"唱首《六便士之歌》吧。"妈妈说。

劳拉开口唱起歌儿，凯莉、玛丽和格蕾丝也跟着唱了起来：

> 袋子装满了小麦，
> 二十四只大画眉，
> 全都放在派里埋！
> 当派慢慢被掀开，
> 画眉唱起歌儿来。
> 难道不是佳肴美，
> 献给国王加饭菜？

"我要开动咯！"爸爸拿起一只大调羹，"咔嘶咔嘶"切进饼皮里面，舀起一大块肉派放进盘中。馅饼下头冒着热气，松松软软很美味。淋上一勺稀薄的肉汁，放上半边画眉鸟肉。金黄诱人，嫩滑多汁，鸟肉直接从骨头架子上脱落下来。爸爸将第一盘递给餐桌那头的妈妈。

　　肉派一打开，大家不停地咽口水，迫不及待地想来上一口。就连桌子底下的猫咪也不安分了，大概是饿坏了，它松展四肢，不停地"喵喵"直叫……

　　"这个盘子里有十二只鸟。"妈妈说，"平均一人能分两只，但是格蕾丝最多只能吃完一只，那么你可以吃三只噢，查尔斯。"

　　"今年吃画眉鸟肉派，明年就能吃上鸡肉派，卡罗莱你可真有想法啊！"爸爸满嘴塞着美味的肉派，赞不绝口地说，"比起鸡肉派来，这可是完胜啊！"

　　大家都同意，画眉鸟肉派确实比鸡肉派好吃。除此之外，妈妈还从菜园里采摘了新鲜的土豆、豌豆、青瓜和松土时匀出来的小萝卜。青瓜切片，胡萝卜水煮，配上浓郁的白软干酪，别提有多美味！想想，今天还不是周日呢，就有这么丰盛的佳肴。只要地里还有画眉鸟，菜园蔬果常青，他们就能每天吃上这样一顿美味。

　　劳拉不由地想："妈妈是正确的，生活中总有事情能让我们感恩不已。"然而，她内心依然沉重。燕麦和玉米没了收成，玛丽还能上学吗？那一件美丽的大冬衣、两件新衣服和一件新内衣，只能等到来年再穿了。这对玛丽而言，该是多么残酷啊！

　　从番茄小盘里吃完最后一勺粉红甜蜜的奶油，爸爸喝了一杯茶。午饭就这样结束了。他起身从钉子上取下帽子，对妈妈说："明天是周六，如果你想跟我进城，我们就选选玛丽的行李箱吧。"

　　玛丽激动得说不出话来。劳拉大叫："玛丽还能上学吗？"

　　爸爸惊讶极了："你怎么问这种问题啊，劳拉？"

　　"她可以上学吗？"劳拉问爸爸，"玉米没了，燕麦也没了。"

　　"真没想到，你已经长大了，知道替家里操心了。"爸爸说，"我打算把小母牛卖了。"

　　玛丽急得大喊起来："噢，不要！不要卖小母牛！"

　　再过一年，小母牛就会长大，家里就有两头母牛，一年到头都不愁没有牛奶喝、黄油吃。如果爸爸卖掉小母牛，就要多等两年，那时小牛才能长大啊！

　　"卖掉它能帮我们很大的忙。"爸爸说，"它应该能卖15美元。"

　　"不用担心，女儿们。"妈妈说，"我们必须要裁衣做布，才能过好日子。"

　　"噢，爸爸，这样一来，您一年都白干了啊。"玛丽嘟哝着嘴巴。

　　"没关系，玛丽。"爸爸安慰她说，"你也是时候去上学了，我们已经下定决心，一群烦人的画眉鸟是阻止不了我们的。"

10. 玛丽上学

这一天终于到来了。明天玛丽就要离开小屋，外出上学了。

爸爸妈妈给她买了一个新的行李箱。它穿着一件亮闪闪的锡制外衣，搭配身上错落有致的小"关节"。铆钉固定着光滑的漆木条，撑起它的大肚子，看起来有棱有角。在它那弯弯曲曲的脑袋上，横放着三根木条。它的八个角都穿上了小铁片，以保护内在的木条。脑袋低下来，两条铁舌头刚好扣在两个铁口袋里。合上两对铁圈，箱子就能上锁啦。

"这是个结实的好箱子。"爸爸说，"我还买了五十英尺的绳子，崭新又结实，完全能把它捆住。"

玛丽灵敏的手指轻轻地画过箱子表面，脸上露出了阳光般的笑容。劳拉在一旁，绘声绘色地向她描述亮闪闪的锡铁、黄澄澄的木条。妈妈说："这是最新潮的行李箱，玛丽，你应该能用上一辈子。"

箱子内部是平稳光滑的木条。妈妈小心翼翼地摊上报纸，结结实实地摆好玛丽的物品。她在每个角落都塞满了报纸，这样一来，哪怕坐火车路途再遥远，火车再颠簸，箱子里的物品也不会溜来溜去。报纸有很多层，因为妈妈担心玛丽衣服不够多，装不满行李箱。然而，当全部东西放进去以后，箱子被塞得结结实实的，这团夹心报纸堆到盖子那么高。妈妈坐在箱子上面压住箱子，爸爸"啪"的一声给箱子上了锁。

然后，爸爸拿起新绳子，一圈一圈地捆箱子，箱子在地上打起滚儿来。劳拉帮忙拉绳子，爸爸快速打绳结。

"好了，"爸爸松了口气，"这项工作就算完成啦！"

只要忙起来，大家就会淡忘玛丽即将离家的事实。如今，所有的准备工作都已经完成，还不到晚饭时间，大家空闲下来，五味杂陈的离愁别绪浮上心头。

爸爸清清喉咙，走出小屋。妈妈提起针织篮子，却又放回桌子上，看着窗外出神。格蕾丝一个劲地求玛丽："别走好吗，玛丽姐姐？别走，给我讲故事。"

玛丽最后一次将格蕾丝抱在大腿上，给她讲述在威斯康星州大森林里，爷爷偶遇黑豹的故事。等到玛丽回来时，格蕾丝都已经长大了。

"格蕾丝，不许再胡闹噢。"故事讲完以后，妈妈说，"你想吃什么，玛丽？"这是玛丽在家吃的最后一顿晚餐。

"什么都行，您煮的都好吃，妈妈。"玛丽回答说。

"天气这么热，"妈妈说，"我来做洋葱馅儿的奶酪球，再来上一盘清爽的奶油豌豆。劳拉，从菜园里采点莴苣和番茄回来吧！"

突然，玛丽问道："我可以跟你一起去吗？我想出去走走。"

"你们不用急着回家。"妈妈告诉姐妹俩，"还有好长一段时间才吃晚饭呢。"

她们经过马厩，爬上远处的小山丘。夕阳西下，准备回家休息了。劳拉心想，太阳真像是一个国王，在它雍容华贵的床铺周围拉上了一幅唯美的帐幔。然而，玛丽并不喜欢这种天马行空的想象。于是劳拉只好说："玛丽，太阳正在缓缓下山，沉进白色云团里，余晖洒满地平线的尽头。往上看，天空一片火红，仿佛有一幅美丽的玫瑰金色帷幕，镶嵌着珍珠褶皱，从天上徐徐滑落。看起来，它真像是大草原的天盖。偶尔露出几道小细纹，那是清澈的绿、纯净的绿。"

玛丽一动不动地站在原地。"我会怀念我们一起散步的时光。"她的声带似乎在颤抖。

"我也会。"劳拉咽下心头的眼泪,"但想一想,你要上学了,我们都非常开心呢。"

"没有你,我怎么可能上得了学?"玛丽发自肺腑地说,"你经常帮助我学习,还辛苦挣了9美元,交给了妈妈,分担我的生活费。"

"这不算什么。"劳拉说,"这不是我要祈祷才能得到的东西……"

"这算!"玛丽反驳她,"你帮了我很大的忙。"

劳拉喉咙哽咽,拼命眨巴眼睛,深深吸了口气,却掩盖不了声音里面一丝一毫的颤抖。"希望你喜欢学校里的生活,玛丽。"

"噢,我一定会的!我一定会的!"玛丽喘过气来,"想一想,能学习新知识,还能吹口琴!哦,几乎能学到所有的东西!劳拉,即便你还没有开始教书,你已经帮了我很多。所以,特别感谢你的付出。"

"一旦我年龄足够大,我就去教书。"劳拉说,"这样一来,我还能帮上你更多的忙。"

"真希望你不用这么拼。"玛丽说。

"我必须要这么做。"劳拉回答说,"但是我现在还不行,年满十六岁才能教书,这是法律的规定。"

"那时候,我已经不在家了。"玛丽说道。突然间,两人都感觉到,似乎玛丽要永远离开了。未来既空虚又令人害怕。

"噢,劳拉,我以前可从来没有离开过家。我不知道今后该怎么办。"玛丽坦言。此时,她不由得浑身颤抖。

"一切都会好起来的。"劳拉坚定地告诉她,"妈妈和爸爸会带你去学校。我相信,你能通过所有的考试。别害怕!"

"我现在不害怕，以后也不会害怕。"玛丽坚定地说，"可是，我确实需要学会一个人生活，谁也帮不了我。"

"你永远不是一个人，你有我们！"劳拉说道。一分钟后，她清清喉咙，告诉玛丽，"太阳已经穿破白色云团，看上去俨然一颗大型的液态火球，在西方的天空跃动。天空中白云焕发出鲜红色、深红色、金黄色和深紫色，流光溢彩，燃烧了整片天空。"

"我仿佛能感觉到，它们的光亮照在我的脸上。"玛丽说，"我在想，爱荷华州的天空和夕阳是否不一样？"

劳拉无从得知。她们缓缓地走下小山丘。这是她们最后一次散步了……至少很长一段时间，她们都无法再一起出来散步了。时间这个恼人的妖精，一长就让人觉得是永远。

"我有信心，我一定能通过考试，因为你帮助了我这么多。"玛丽说，"你一字一句地帮我学习你的课程，直到，我吃透了教科书的内容。但是劳拉，你们该怎么办？爸爸在我身上花了这么多钱——新箱子、新衣服、新鞋子、火车费等等——我太担心了。他怎么还有钱供你和凯莉买课本上学呢？"

"这点不用你操心，爸爸妈妈自有办法。"劳拉说，"你知道的，最后他们总能想到办法渡过难关。"

第二天一大早，劳拉还没有起床更衣，妈妈就开始处理爸爸射死的画眉鸟，去毛切开洗干净。吃过早餐，妈妈就开始油炸鸟肉。等鸟肉冷却以后，把它们打包放在一只空鞋盒里面，准备带到火车上当午饭吃。

爸爸、妈妈和玛丽前一天晚上已经洗过澡。现在，玛丽穿上了最好看的旧印花棉布裙子，以及第二好看的旧鞋子。妈妈穿上了印着夏日清凉花的丝毛料衣服，爸爸则穿着礼拜西服。邻居家的男孩答应送他们去车站。爸爸和妈妈将离开一个星期。因为回来时没有行李，没有玛丽，所以他俩可以直接从小镇走回来。

马车慢慢驶过来。一个长满雀斑的男孩跳下车，他的红头发从草帽缝隙里高高地竖起来。他帮助爸爸将玛丽的行李箱抬上马车。太阳火辣辣地炙烤着大地，热风呼呼的，不停在吹。

"凯莉和格蕾丝，要听话，多帮助劳拉姐姐。"妈妈叮嘱说："劳拉，记得给小鸡喂水，提防老鹰。每天都要洗刷并晒干牛奶盘子噢。"

"好的，妈妈。"她们一起回答道。

"再见。"玛丽说，"再见，劳拉！再见，凯莉！再见，格蕾丝！"

"再见。"劳拉和凯莉哽咽着说，格蕾丝瞪大圆溜溜的眼睛，一句话也说不上来。爸爸帮助玛丽爬上车，让她和妈妈分坐在赶车男孩两旁，自己则坐在行李箱上。

"好，我们出发。"他对男孩说，"再见，女儿们。"

马车驶离，格蕾丝张大嘴巴，号啕大哭。

"真丢人啊，格蕾丝！真丢人！长这么大了，还哭哭啼啼！"劳拉呛了口气，喉咙肿胀，疼得厉害。看起来，难过的凯莉随时可能放声痛哭。"你也是，真丢人！"劳拉说道。格蕾丝终于擦干最后一滴泪水。

爸爸、妈妈和玛丽没有回头，远远地离开了。马车疾驰，留下的只有沉寂。劳拉从未感觉到如此的安静，这可不像大草原平时欢快的平静。她从头到脚，从里到外，都充斥着这种可怕的感觉，如同针尖一般刺得她胸口发疼。

"来，"她说道，"我们回小屋去。"

屋内也是一片沉寂。周围太安静了，劳拉不由得感觉自己必须小声说话。格蕾丝还在抑制口中的呜咽。站在自家屋内，她们感觉周围除了沉寂和空虚，再无其他。玛丽确确实实离开了。

格蕾丝又开始哇哇大哭，豆大的泪珠在凯莉眼眶打转。这样下去可不行。从现在开始，整个星期都是劳拉管家，她可不能让妈妈失望。

"听着，凯莉和格蕾丝。"她打起精神来，"我们要把这房子从头到尾

好好清洗一遍，现在马上动手！等到妈妈回家时，看到秋季大扫除已经干完，她会很开心的。"

劳拉可从未这么忙碌过。当然，这活儿一点也不轻松。她从未察觉，原来把泡在水里沉重的被褥拉起来会这么艰难，原来把被子拧干晾在绳子上会这么吃力。格蕾丝很想帮忙，却总是帮倒忙，徒增烦心事。劳拉努力不生气，可这谈何容易？更让人无法相信的是，看起来这么干净的房子，却搞得姐妹三人灰头土脸，越洗越脏。

今天已经够失落了，最烦人的是，天气偏偏还热得很。她们把草褥子拖到门外，倒掉干草，清洗褥子。等褥子晒干以后，再重新装上新鲜而香甜的干草。她们把弹簧床垫抬起，靠在墙上，劳拉不小心夹伤了手指。然后，她们一齐把床架子拉开。劳拉和凯莉各自拉着对角，向相反方向使劲儿。床角开了，而床头板却突然砸了下来，击中了劳拉的脑袋。她感觉头晕目眩，眼冒金星。

"噢，劳拉！你伤到了吗？"凯莉惊叫起来。

"不碍事。"劳拉一把将床头板推到墙边，然而它又飞快地滑了下来，砸中了她的脚踝骨。"哎呀！"她忍不住痛苦地大叫，"这个破床头，想躺着是吧，你就老老实实躺着吧！"

"我们还要洗洗地板。"凯莉说。

"我知道。"劳拉哭也不是，笑也不是。她坐在地板上，抓住脚踝，来回按摩。她那头乱糟糟的头发贴在汗淋淋的颈部，衣服湿透，又热又脏，指甲全黑。凯莉的脸上也布满灰尘和汗水，头上还残留了一点儿干草，一副蓬头垢面的样子。

"我们应该去洗洗澡。"劳拉嘟哝着说。突然，她大喊，"格蕾丝去哪里了？"

她们有一段时间没顾上格蕾丝了。小妹妹曾经在大草原上迷失过。布鲁金斯有两个孩子，就是迷失在茫茫草原中的。在人们找到他们时，他们已经死去。

"我在这里呀。"格蕾丝从门外进来，甜甜地回答道，"外面下大雨了。"

"不！"劳拉尖叫。确实，小屋笼罩在乌云底下，几粒大雨点滑落。突然，雷声震天。劳拉厉声大喊："凯莉！草褥！床单！"

她们飞奔出去，草褥本来并不重，但里面装满了干草，俨然成了一个大胖子。任凭劳拉和格蕾丝怎么抓，它就是不听话地不断从手上滑落。回到小屋门口，还要竖起来才能把它抱进去。

"要么抓住它，要么拖走它，我们只能选其一。"凯莉气喘吁吁地说。而此时，雷暴雨在头顶滚滚而过，滂沱大雨飞驰而下。

"快走开！"劳拉大喊。将整个草褥连推带拖弄进小屋。已经没时间将另一个草褥和被单拖进来了，只能任其淋湿。这雨下得可真大，就像天上倒下来的一盆水。

晾衣绳上的被单会再次风干，可另一个草垫必须重新倒空、清洗并装上新鲜的干草。而且，必须要等草褥完全干透，否则里面的干草会发霉。

"我们可以把卧室的所有东西都搬到前厅，这样就能擦地板了。"劳拉说道。说干就干！有那么一会儿，除了头顶惊雷的轰隆声、倾盆大雨的敲击声、洗刷地板的窸窣声，以及拧干水分的滴答声，再无其他声响。劳拉和凯莉手拿抹布，跪在地上，倒退着擦洗地板。突然，她们听见格蕾丝开心地说："我也在帮忙噢！"

格蕾丝站在椅子上，正在往炉灶内填涂碳料。从头到脚，她俨然成了一个小黑人。炉灶周围的地板上，星星点点布满了炉渣。原来，格蕾丝竟然往黑炭盒子里倒满了水！她抬起头，开怀大笑，想得到劳拉的认可。她用沾满碳料的抹布扫了扫肮脏的煤炉表面，却一不小心把黑炭盒子推了下来。

"哇"的一声，格蕾丝湛蓝的眼睛里充满了泪水。

劳拉无助地看了一眼又脏又乱的房子，妈妈从前将屋子打理得多么整洁而美丽啊！她努力控制自己的情绪，安抚妹妹："没关系，格蕾丝，不要哭，我来清理。"而后，她瘫坐在一叠床头板上，垂头丧气地将额头埋在膝盖中间。

"噢，凯莉，我真的不知道该怎样像妈妈一样管家！"她几乎快要号啕大哭了。

这一天实在太糟糕！

到了周五，家里一切都恢复正常，她们还担心妈妈太早回家呢。那一晚，她们一直干活到深夜。周六，劳拉和凯莉几乎忙到凌晨，才有空舒舒服服地洗个澡，香香甜甜地睡个觉。周日，小屋洁净如新，十分完美。

炉灶周围的地板呈骨白色，只留下一点点碳料的痕迹。床上都铺上了干净亮丽的被子，闻起来有阵阵干草的清香。窗玻璃闪闪发光。每一层橱柜都刷过，每一块碗碟都洗过。"从现在开始，我们只吃面包、只喝牛奶，保持盘子干净如新！"劳拉说。

周一，她们还要洗窗帘、熨窗帘、挂窗帘。除此之外，就是日常的洗刷了。她们很开心，周日是休息日，可以不用干活。

周一一大早，劳拉开始洗窗帘。等到她和凯莉将其他洗完的衣服晾在绳子上时，窗帘已经干透了。姐妹俩往窗帘上喷了点水，将它们熨烫整齐，挂在窗前。小屋焕然一新，既温馨又漂亮。

"在爸爸和妈妈回到家之前，我们不要让格蕾丝进来捣乱。"劳拉悄悄对凯莉说。她们都不想出去散步，于是坐在小屋阴影的草地上，一边看着格蕾丝到处乱跑，一边期待滚滚升起的火车浓烟。

远远地，一缕黑烟从茫茫草原上滚滚升起，缓缓消失在天际线上，留下了一行看不懂的文字。"呼——"清脆的汽笛声响起，火车进站。过了一会儿，汽笛声再次响起，黑烟滚滚而上，在天际线下方留下几道外文，越写越低，直到消失在草原的尽头。等了好久，还不见爸爸妈妈回来，就在姐妹几人即将决定放弃等待时，突然，在通向小镇的道路上，远远地出现了爸爸妈妈的小人影。

顷刻间，玛丽离家的寂寞感汹涌而归，时间仿佛回到她刚离开家门的那一刻。

三姐妹跑到大泥潭边，迎接爸爸和妈妈。她们一拥而上，叽里呱啦地说个不停。

爸爸和妈妈对玛丽的学校很满意。那是一栋美丽的大砖房。哪怕是冬天，玛丽也能过得温暖，过得舒适。那儿伙食很不错，女孩子也很乖巧。妈妈非常喜欢玛丽的舍友。老师们也是和蔼可亲。玛丽以最高分通过入学考试。那里的孩子们都穿得很好看，但谁的衣服也没有玛丽的好看。她将学习政治经济学、文学、高等数学、缝纫、编织、珠饰细工和音乐等学科。学校里面还有一台大风琴。

劳拉替玛丽感到高兴，几乎快将思念之情抛在脑后。玛丽一向热爱学习。如今，她终于有机会能够整日遨游在知识的海洋里，探索未知的世界。

"噢，她必须待在那里，她必须！"劳拉心想。然后，她重温了自己的誓言，即便不喜欢念书，她还是要刻苦学习，一到16岁便考取教师资格证。这样一来，她就能挣够钱，继续供玛丽上学了。

劳拉忘记了一周大扫除的辛苦，而另外两个姐妹可急着呢。她们一进门，妈妈就问："凯莉，你和格蕾丝在笑什么？你们偷藏了什么小秘密？"

格蕾丝上蹿下跳，大声尖叫："我给炉灶涂黑黑啦！"

"真乖！"妈妈走进小屋，"哇，看起来真漂亮！但是格蕾丝，劳拉姐姐一定有帮你的忙吧。你还真别说……"而后，妈妈的视线移到窗帘上，"天啊，劳拉！"她说，"你洗了窗户和……天啊，劳拉！"

"我们已经完成秋季大扫除啦，妈妈。"劳拉说完，凯莉笑眯眯地插上一句："我们洗了床单、换了草褥、刷了地板，还干了好多其他的活儿呢。"

妈妈惊讶地举起双手，软绵绵地摊坐在凳子上，双手无力地滑落："我的天啊！"

第二天，妈妈收拾行李箱时，给女儿们带来了巨大的惊喜。她从卧室走出来，手提三个小袋子，一个给劳拉、一个给凯莉、一个给格蕾丝。

格蕾丝的袋子里装了一本图画书。金光闪闪的纸张上，五颜六色的图画粘在色彩斑斓的布制页面上，每一页的落脚处都打了几个小孔，用作装饰。

劳拉的袋子里也有一本漂亮的小书。薄薄的身体，宽宽的版面。红色封面上，饰有金色浮雕文字："签名册"。

空白的页面颜色各异，看起来既柔软又舒服。凯莉也得到了一本签名册，不过封面文字的颜色为蓝色和金色。

"我发现，如今签名册可流行啦。"妈妈说，"在温顿区，时尚女孩都是人手一本。"

"这究竟有什么用？"劳拉问。

"你可以请朋友在空白页上作诗并署名。"妈妈解释说，"如果她也有签名册，你也可以在上面作诗。签名册是友情的见证，有了它，你就不会忘记朋友。"

"我现在不讨厌上学了。"凯莉说，"我把签名册给所有的陌生女孩子看，如果她们对我好，我就让她们在上面留言。"

看到两个女儿这么喜欢签名册，妈妈感到十分开心，说："爸爸和我希望，你们都能拥有爱荷华州温顿区的好东西，那可是玛丽上学的地方啊！"

11. 怀尔德老师

开学第一天，劳拉和凯莉早早出门。她们穿上了最好的印花棉布裙子，棉布裙上面还带有小枝叶图案。因为妈妈说，明年夏天她们就穿不上这些衣裙了，所以今年得穿多点。她们把教科书夹在腋下，劳拉提着装满午饭的小锡桶。

晨光朦胧，夏夜的凉意还未褪去。在这片高远而湛蓝的天空之下，大草原渐渐褪去生机勃勃的绿色，呈现柔和的金黄色和淡紫色。微风拂过，吹来阵阵稻草成熟的清香，夹带着野生太阳花的刺鼻气味。一路上，盛开的黄花轻轻撞在饭桶上，摇摇晃晃地停不下来。两姐妹并排走，一人走在一条车轴上。

"噢，真希望怀尔德小姐是个好老师。"凯莉说，"你认为她是个好老师吗？"

"爸爸肯定这样认为，他是学校董事会的一员。"劳拉指出。"尽管雇佣她的原因，可能在于她是怀尔德兄弟的姐姐。噢，凯莉，你还记得他们家那两匹美丽的棕色马儿吗？"

"他家马儿是不错，但这不代表他姐姐是好人。"凯莉说，"不过这也说不定。"

"不管怎么说，她懂得怎么教书，她拥有教师资格证。"劳拉说道。一想到前面书山之路漫漫，她不禁发出一声叹息，自己必须很努力，才能取得教师资格证。

小镇上的大街越来越长了。如今，在爸爸的房子旁边，多了一间崭新的马车出租所，就坐落在银行的对面。大街尽头，一台新式谷物升降机，高高地横跨在铁轨上空。

"爸爸的房子和马车出租所中间怎么空了一大块地？"凯莉好奇地问道。

劳拉也说不清楚，不过那儿绿草青青，也是美景一片啊。谷仓旁边，堆放着爸爸的新干草堆。今年冬天，他再也不用从地里拉草过来烧火做饭和取暖了。

两姐妹在第二大街拐弯朝西走。校舍之外，零星分布着刚建起来的小棚屋。铁轨旁，一台新磨粉机隆隆作响。穿过第二大街和第三大街间的空地，可以看见新建教堂的骨架，它结实地站立在第三大街上，工人们正在上面敲敲打打。校门口，聚集了一大帮学生，许多都是新面孔。

凯莉害羞地往后退了几步，劳拉的膝盖也开始微微发软。但是，劳拉心知肚明，自己必须勇敢起来，给凯莉做个好榜样。每当被许多只眼睛盯着看时，劳拉的手掌心总会冒汗。这里大概有二十个男生和女生。

劳拉鼓起勇气，坚定地迈出一步，走向同学们，后面紧紧跟着凯莉妹妹。两旁的男生和女生都稍微往后退了几步，给她们让路。然而，劳拉似乎还不敢走上校门口的台阶。

突然，她看见玛丽·鲍尔和米妮·约翰逊站在台阶上。这可是老熟人啊！去年秋天，风暴还未降临时，她们曾经一起上学。玛丽·鲍尔兴奋地打起招呼来："你好啊，劳拉·英格斯！"

玛丽转悠着黑色大眼睛，米妮晃动着雀斑小脸蛋，俩人看到劳拉都开心极了！劳拉感觉自在多了，自己一直都很喜欢玛丽·鲍尔。

"我们已经选好座位了，我们打算坐在一起。"米妮说，"你坐在过道对面好吗，劳拉？"

她们一起开心地走进学校。教室后方的女生座位区内，靠墙的两张桌子上放着玛丽和米妮的课本。劳拉把课本放在过道旁边的桌子上。那两个座位是全教室最好的。凯莉还小，当然要跟其他小女生一起，坐在前面靠近老师的座位上。

怀尔德老师手拿铃铛，走下过道。她有着黑色头发和灰色眼睛，看起来平易近人。她那身灰黑色的裙子十分时尚，正如玛丽最美丽的那件裙子一样，前方既合身又直挺，下方褶皱裙摆刚好碰地，后方罩裙松散地垂落在"小火车"之上。

"你们已经选好座位了，是吗？"她的声音充满了愉悦。

"是的，老师。"米妮·约翰逊害羞极了。而玛丽·鲍尔笑了笑，大胆地说道："我是玛丽·鲍尔，这是米妮·约翰逊，那是劳拉·英格斯。如果可以，我们希望继续坐在原来的位置上。我们是学校里年龄最大的学生了。"

"没问题，你们就坐在原位吧。"怀尔德老师轻快地回答说。

她走向门口，摇动铃铛。学生蜂拥进来，几乎坐满了整个教室。女生这边，还留有一个空位。而男生那边，所有后方的座位都空着，因为大男孩冬天才能过来上课。如今，他们还在地里辛勤劳作。

劳拉看见，凯莉跟玛米·比亚兹利坐在前排，交谈甚欢。突然，她看见过道上站着一个新女生，犹豫不前。看起来，她和劳拉年纪相仿，十分害羞。不过相比之下，她更娇小更瘦弱。圆圆的小脸蛋上，柔和的棕色大眼睛非常突出。一头乌黑长发像小波浪，前额的短发卷得恰到好处。大概是因为紧张，她的脸蛋涨得通红。她害羞地看了一眼劳拉。

除非劳拉跟她做同桌，不然她就得一个人坐到空位上了。

劳拉赶紧朝她笑了笑，拍了拍身边的座位。新女生的棕色大眼也露出了会心的微笑。她把书本放在课桌上，坐在劳拉旁边的座位上。

怀尔德老师让全班安静下来，再拿着点名册，顺着一张一张桌子地走过去，记下每位学生的名字。劳拉的同桌名叫艾达·莱特，但人们都喊她艾达·布朗，因为她是布朗牧师和布朗夫人的养女。

布朗牧师刚到小镇，是新任的公理教会牧师。劳拉知道，爸爸妈妈不太喜欢布朗牧师，但是这一点儿也不影响她对艾达的好感。

怀尔德老师将点名册放回讲台上，准备开始讲课。就在这时，门突然打开了，大家都很好奇，到底谁会在开学第一天就迟到？

劳拉不敢相信自己的眼睛，这不正是住在明尼苏达州梅溪河畔的妮莉·奥尔森吗？

瞧瞧她，身材高挑苗条，像柳叶一样婀娜多姿。相比之下，劳拉又矮又胖，像法国小马驹一样结实。尽管两年没见面，劳拉还是一眼就认出了她。妮莉的鼻子高高翘起，目空一切，往上紧紧挨着两只小眼睛。她双唇撅起，矫揉造作。

妮莉曾经取笑劳拉和玛丽是乡巴佬，而她的爸爸在城里打理一家商店。她对妈妈很无礼，对公牛犬杰克拳打脚踢。可怜的忠厚老实的杰克，现在已经死去。

她上学迟到了，却还趾高气扬，四处打量，仿佛这间教室还不够好似的。她穿着波兰连衫裙改造的黄褐色小裙，深深的褶皱花边围绕在裙子边缘，围绕在脖子边上，再从宽大的袖子边上垂落。她的脖子前方系着一个大大的蕾丝饰品。她脸型尖锐，一头金色直发高高梳起，盘成法国发髻。她高昂着头，轻蔑地环视四周。

"我想坐在教室后面，没问题吧？"她对怀尔德老师说道。然后不屑地看了一眼劳拉，"走开！我要这个位置。"

劳拉稳稳地坐在位置上，直瞪妮莉。

大家都在想，怀尔德老师究竟会怎么办？只见她清清喉咙，声音中略带紧张。劳拉一直盯着妮莉看，直到她不舒服地看向别处。此时，妮莉瞄了瞄米妮·约翰逊，敲了敲她的课桌，"这里也不错！"

"你愿意坐到别的地方吗，米妮？"怀尔德老师问道。但是，她之前已经同意，米妮可以坐在这个位置上了。

米妮不情不愿地回答说："好的，老师。"她慢慢地收起书本，走向空位置。玛丽·鲍尔坐在位置上一动不动，妮莉还站在过道上等着。她可不愿意绕过玛丽，走向米妮的位置。

"玛丽，"怀尔德老师说，"如果你愿意挪一下身子，给我们的新同学腾点位置，我们很快就能安定下来，好好上课啦。"

玛丽站起身来。"我要跟米妮走。"她简短地说道，"我宁愿这样。"

妮莉坐下来，笑得很开心。她坐在教室里最棒的位置上，还不用跟别人分享课桌。

听到妮莉告诉怀尔德老师，她家住在小镇北面的田地上，劳拉暗自开心。这样一来，妮莉也沦落成一个乡巴佬了！突然，劳拉又想到，爸爸已经搬进城里过冬了，她和凯莉也算是城市女孩了。

怀尔德老师拿起戒尺，敲了敲讲台："同学们，安静！"她面带笑容，开始讲上课注意事项。

她说："同学们，新学期开始了，我们都要努力学习新知识，对不对？大家都知道，你们坐在这里，是学知识来了，长见识来了！作为老师，我愿意帮助你们。大家不要把我看成一个女监工，我是你们的朋友。我相信，过不了多久，我们都会成为很好的朋友。"

前面的小男孩不安地扭动身体，劳拉也觉得别扭。她再也无法欣赏怀尔德老师的满面笑容。

如今，她只希望，怀尔德老师能停止说话。谁知她越讲越起劲，连声音都充满了微笑："我们不能无情，不能自私，对吧？我确信，你们都会遵守

纪律。在我们欢乐的校园里，根本没有必要惩罚学生。我们会一起做朋友，互相爱护，互相帮助。"

最后，她说道："请你们拿起课本。"

这天早上，不用朗诵课文，因为怀尔德老师给学生们分了班。劳拉、艾达、玛丽·鲍尔、米妮、妮莉·奥尔森是大女生，所以她们被分在高级班。目前，高级班也就只有这么几个人了，到了冬天才会有大男生加入。

课间休息，她们待在一个小组里，互相介绍，彼此认识。艾达就像看起来那样温暖，那般友好。"我是一个养女。"她说道，"布朗妈妈把我从避难所里抱出来。她肯定很喜欢我，才愿意收养我，你们觉得呢？"

"她当然喜欢你，这是一种情不自禁的感觉。"劳拉说。她完全能够想象，艾达小时候长得多么可爱。浓密的头发又黑又卷，会笑的棕眼又大又圆。

然而，妮莉却站在一旁，竭力吸引大家的注意力。

"我可不清楚，我们是不是住得惯乡下地方。"妮莉说，"我们是东区人，不习惯这么粗犷的乡村，这么粗俗的人类。"

"说什么呢？你跟我们一样，是明尼苏达州西部人。"劳拉说。

"噢，你说那个地方啊！"妮莉不屑地甩甩手臂，仿佛一下子把明尼苏达州抛到几千里以外，"我们只在那里待过一小段时间。我们是东区人，我们来自纽约。"

"这都行？那我们全体都是东区人。"玛丽·鲍尔不愿跟她多说，"来吧，我们去外面晒晒太阳。"

"天啊，我可不愿意！"妮莉惊讶地说，"这风一吹，保证你变小黑人！"

除了妮莉以外，她们几个的皮肤都有点棕褐色。妮莉高傲地说："虽然我要在这粗犷的乡村委屈一段时间，但是我可不会破坏自己的肤色。在东区，女孩子的皮肤很白皙，手臂很嫩滑。"的确如此，妮莉的双手既白净又纤细。

不管怎样，课间休息已结束，没时间到户外走动了。怀尔德老师走向门口，摇响铃铛。

那天晚上回到家，凯莉喋喋不休地讲述校园生活，直到爸爸提醒她，别像只蓝鸟一样叽叽喳喳叫个不停。"让劳拉也说几句吧！你怎么这么安静，劳拉！发生什么事情了吗？"

劳拉告诉家人，妮莉·奥尔森所说过的话，以及所做过的事情。讲完之后，她还补充说："怀尔德老师不应该同意，让她抢走玛丽·鲍尔和米妮的座位。"

"你不应该批评老师，劳拉。"妈妈轻轻地提醒她。

劳拉感觉脸蛋发烫。她心里清楚，上学是很难得的机会。自己应该感激怀尔德老师的谆谆教导，而不该无礼地批评她。在学校，她应该只专注于学习知识，提升自己。然而，她还是忍不住心想："话是这么说，但她做得就不对！这太不公平！"

"奥尔森一家来自纽约，是吗？"爸爸笑了笑，"这有什么好炫耀的。"

劳拉突然想起，爸爸小时候曾经住在纽约。

他继续说道："我不清楚到底怎么一回事，但是奥尔森失去了明尼苏达州的所有财产。除了宅基地以外，他一无所有。人们告诉我，他的东区朋友还一直在帮忙，否则地里还没收成，他怎么可能撑得下去。或许妮莉觉得炫耀一下自己，便能挽留富有的感觉。这没什么好计较的，劳拉。"

"但是，她穿的衣服明明好漂亮。"劳拉表示抗议，"她干不了一点儿活儿。她的脸蛋多白皙，手臂多滑嫩。"

"你也可以戴戴太阳帽啊，劳拉。"妈妈说，"至于漂亮衣服嘛，可能是从廉价店里买回来的。可能她就像歌里唱的那样，'肩上围有双层纱，脚下没有一双鞋'。"

劳拉想，或许真该替妮莉感到难过，但她却怎么也做不到。她希望，妮莉永远待在梅溪，不要出现在这里。

爸爸从饭桌上起身，将椅子拉到门边，"把我的小提琴拿过来，劳拉。那天，我在街上听到一个人在唱歌，想试一试。他用口哨吹副歌，我相信小提琴一定能比得过他的口哨声。"

劳拉和凯莉轻轻地洗碗碟，生怕错过一个音符。在小提琴甜蜜而清脆的伴奏之下，爸爸低沉而热切地唱起歌儿：

当你听到
三声夜鹰第一次呐喊
来见我吧！噢，来见我吧！

"三声夜鹰"，小提琴咚咚作响，就像鸟儿的喉咙在颤动。"三声夜鹰"，小提琴和爸爸一唱一和。夜鹰的求爱之声越来越近，"三声夜鹰啊！"而后，远远传来温暖的叫声，这回更近了，"三声夜鹰啊！"夜幕渐深，整片天空都回荡着夜鹰的求爱之声。

　　劳拉不再纠结它们难听的咆哮声，思绪渐渐地平和下来。她想："我要当一名好学生。不管妮莉·奥尔森多么讨人厌，我都不会受到影响。"

12. 准备过冬

在美丽的秋天里，劳拉和凯莉整天都忙个不停。早晨，她们干完家务，吃过早餐，装好午饭，洗漱更衣，出门上学。学校离家有一里远的路，她们放学匆匆赶回家，一直干活直到天全黑。

周六一天都忙个不停，她们要抓紧时间，准备搬进城里。

劳拉和凯莉捡起爸爸挖出的土豆，切掉莴苣头，再帮爸爸堆放到马车上。她们拔出萝卜、甜菜和洋葱，切掉它们的根部。然后，再采摘番茄和地樱桃。

地樱桃藏在矮小多叶的树丛中。大大的叶子下方，围绕根茎周围，密密麻麻地挂满六角形浆果，就像小铃铛，微微泛灰，薄过纸张。每个铃铛里头，都藏着饱满多汁、金黄圆润的果实。

酸浆番茄的表面覆盖一层光滑的棕黄色外壳。一旦敲开外壳，鲜艳圆滑的紫番茄便露了出来，大过地樱桃，小过肆意炫耀本色的红番茄。

白天，女儿们在学校上课。妈妈就在家制作红番茄酱、酸浆番茄酱、金黄地樱桃酱。她将霜冻前未成熟的绿番茄腌制起来。整个小屋都充满果酱的甜味，以及腌制品的酸味。

"这次搬去小镇，我们就带上日用品吧。"爸爸满意地说道，"我们必须尽快行动，我可不想十月风暴来临时，我们还躲在这薄如纸片的小屋内瑟瑟发抖。"

"今天冬天肯定没有去年冬天那么糟糕。"劳拉说,"天气都感觉不一样。"

"确实不一样。"爸爸同意劳拉的说法,"可能今年冬天不会那么严酷,不会那么快来临。但是,这次我打算做好万全准备,随时恭候它的到来。"

爸爸拉上一车燕麦秸秆和玉米饲料,堆放在干草堆旁边。再拉上土豆、莴苣、甜菜和胡萝卜,储存在店面建筑的地窖内。周一晚上,劳拉和凯莉帮助妈妈打包衣服、碗碟和书本,一直忙到深夜。

就在这时,劳拉发现了一个秘密!当时她跪下身子,从妈妈的衣柜底部取出冬天穿的内衣。就在红色法兰绒底下,她摸到了硬邦邦的东西。她伸手进去,抽出了一本书。

这是一本崭新的书,表面包裹一层绿绒布,上面印有镀金图案。书的

每一页都平滑无皱带金边，看起来就像一个结结实实的金块。封面上印着几个可爱的文字：坦尼森诗选。字体弯弯曲曲的，十分好看。

这本内容丰富、装饰精美的书就藏在法兰绒中间，劳拉感觉既惊讶又好奇，差点把书掉到地上。借着台灯的光，她摊开书本。新鲜而未读的页面熠熠生辉，闪耀着激动人心的文字，印刷清晰而精美。每一页的文字之外，都围绕着一根又细又长的红线，保护内在的文字宝藏。红线之外，便是纯白色的页边。

就在左手页面的底部，劳拉发现了一行大写的文字：莲花食魔。

"鼓起勇气！"第一行字醒目而有力，劳拉屏气凝神，开始阅读。

> "鼓起勇气！"他指向那片土地，
> "这个大浪会将我们卷向岸边。"
> 那天下午，他们抵达一片土地。
> 这儿似乎总是下午。
> 海岸周围，空气慵懒，令人晕眩。
> 一呼一吸，慵懒梦想，持续连连。
> 山谷上方，月亮升起，露出全脸；
> 就像……

劳拉突然停下来，惊慌失措，她这样做不合适啊！妈妈一定是藏起了这本书，劳拉没权阅读。她迅速闭起双眼，合上书本。不能再读了，一个字也不行，一整行也不行。劳拉拼命抑制住心中的欲望小恶魔。

她将书本放回原位，藏在红色法兰绒中间，放回抽屉里。关上底部抽屉，打开上面的抽屉，却不知如何是好。

她应该向妈妈坦白，但是再细想，妈妈藏起这本书，一定是想给她一个惊喜。她的脑子飞快地转动，心脏怦怦直跳。爸爸和妈妈肯定是在爱荷华州的温顿区买了这本书，打算把它作为圣诞礼物。这本书的内容如此丰富，装订如此精美，内含这么多诗集，只可能是圣诞节礼物。而劳拉现在是家里最大的女儿，这一定是为她精心准备的圣诞礼物！

如果她对妈妈坦白，肯定会破坏这份爸妈期待已久的圣诞惊喜，他们会非常的失望。

似乎找到这本书是很久以前的事情了，而其实只过去了一会儿。妈妈匆匆走进门，"我来收拾这里，劳拉你快去睡觉吧，已经过了睡觉时间啦。"

"好的，妈妈。"劳拉说。她心里清楚，妈妈之所以这么做，是担心自己会打开下层抽屉，发现那本书。她以前可从未对妈妈隐瞒过什么秘密，因为这会让她感到惭愧。而如今，她却能做到双嘴紧闭，只字不提。

第二天放学后，她和凯莉没有走回地里，而是在第二大街和主大街的拐角处停下来，回到他们在小镇上的家。

厨房里放着炉灶和橱柜。木瓦屋顶下方摆放着床架子，上面堆放着丰满的草褥、鼓起的被子、蓬松的枕头。妈妈只让劳拉和凯莉铺床。劳拉确信，那本圣诞节书籍《坦尼森诗选》一定藏在妈妈的衣柜里面。她当然不能打开来看。

然而，每次看见衣柜，她总是会不禁想起：

> 山谷上方，月亮升起，露出全脸；
> 就像……

就像什么？她只能等到圣诞节，才能读到这首欢快诗歌的剩余内容了。

> "鼓起勇气！"他指向那片土地，

"这个大浪会将我们卷向岸边。"

那天下午，

他们来到那片永远只有下午的土地。

接下来呢？劳拉急不可待，而圣诞节仍遥遥无期。

楼下，妈妈已经将储藏室打扫得既整洁又干净。加热器擦得锃亮，焕然一新；窗帘已清洗干净，挂在窗户上头；地板已打扫干净，上头摊放小张碎呢地毯。阳光灿烂的角落里，摆放两张摇摇椅。玛丽的那张却空空荡荡。

劳拉还是会想起玛丽，心里难免产生相思之痛。然而，多想无益。玛丽如愿以偿上学读书，这也是值得高兴的事情。老师曾给爸爸写信，说玛丽适应得很好，进步很快，不久她就可以自己给家里写信了。

所以，没有人谈起心里头的空虚。大家安静而欢乐地准备晚饭，围坐在餐桌周围。妈妈不由地叹了口气："看起来，我们已经做好过冬的准备了！"

"是的。"爸爸说。"这次，我们已经做好了万全的准备。"

准备妥当的可不止他们家。小镇的家家户户都在准备过冬。木材厂堆满了煤炭，商店堆满了用品。磨坊储藏了面粉，桶里装满了小麦。

"整个冬天，即便火车不过来，我们也不愁没有煤炭烧，没有东西吃。"爸爸得意扬扬地说道。这里既能遮风避雨，又有充足的食物，再也不用担心挨饿受冻啦，令人感觉很愉快！

劳拉怀念从地里往返学校的那一小段长路。这是一条充满欢声笑语的路。如今，早晨不用干家务，她再也不用匆匆赶路去上学。爸爸不用干农活，包揽了家里的杂物活儿。上学不用再走那么久的路，对凯莉反而更好。

爸爸、妈妈和劳拉还在担心凯莉。她的身体一直不够强壮，仍然没有从去年严冬的饥寒交迫中恢复过来。他们给她干最轻的家务活儿。妈妈给她吃最好的饭菜，提起她的胃口。然而，她还是身体瘦小、脸色苍白，明显比同龄人还纤弱。她的小脸蛋极度消瘦，显得眼睛格外的大。早晨，尽管只需走一里路去上学，而且劳拉会帮她拿课本，然而还没到学校，凯莉就会累得气喘吁吁。有时候，她的头实在太痛，根本没有办法背出课文来。住在小镇更方便，对凯莉反而更好。

13. 在校时光

劳拉很享受上学的时光。如今，她已经认识了所有的同学，跟艾达、玛丽·鲍尔和米妮很快成了好朋友。课间休息和午休期间，她们总是待在一起玩。

在天气清爽、阳光灿烂的日子里，男孩们会追逐打闹，玩扔球游戏。有时候，他们会把球扔到学校墙上，你推我搡，跑向辽阔的大草原，拼命抢球儿。他们经常引诱劳拉："来跟我们玩，劳拉！快过来！很好玩的噢！"

劳拉年龄太大，再到处乱跑，再追逐打闹，就显得太顽皮太放肆了。但是，她多么喜欢奔跑、跳跃、抓球、扔球啊！有时候，她也会加入小男孩的游戏。他们年龄还小，劳拉很喜欢他们，也从未抱怨过游戏的野蛮。有一天，她偶然听到查理说："虽然她是个女生，她可一点儿也不娇气、不胆小。"

听到他们这么一说，劳拉感觉既开心又自在。当小男孩都喜欢一个大女孩时，说明全部人都会喜欢她。

其他女孩知道，即便劳拉经常又跑又跳，满脸通红，发髻还时常松动，但是她并不是一个野丫头。艾达有时候也会跑出去玩儿，玛丽·鲍尔和米妮则在一旁观看，时不时给他们鼓鼓掌加加油。只有妮莉·奥尔森对此嗤之以鼻。

尽管大家盛情邀请妮莉，她还是不愿意出去走走。"这真的太粗俗了。"她说道。

"她是害怕晒黑自己的纽约肤色。"艾达笑了笑。

"我觉得啊，她是想躲在教室里面，拉拢怀尔德老师做朋友。"玛丽·鲍尔说，"她经常跟老师说话。"

"随她去吧！她不过来，我们还玩得更开心呢！"米妮说。

"怀尔德老师以前也住在纽约，她们可能在谈论纽约的生活吧！"劳拉说。

玛丽·鲍尔斜着眼，笑眯眯地瞥了一眼劳拉，还掐了掐她的手臂。没人喊妮莉是"老师的走狗"，但是大家都心照不宣。劳拉并不在意。她的学习成绩在班里遥遥领先，不需要对老师拍马屁，照样有书读。

每天吃完晚饭，劳拉就会开始学习，一直学到睡觉时间，这也是她对玛丽思念最深的时候。以前，她们经常一起温习功课。不过，劳拉也明白，远在爱荷华州，玛丽也正在用功学习。想让玛丽继续待在学校，享受教育机会，劳拉就必须考取教师资格证。

所有思绪在脑海中一闪而过，此时她正跟玛丽·鲍尔和艾达、米妮手挽手在散步。

"你们知道我在想什么吗？"米妮问。

"不知道，你在想什么？"她们好奇地问米妮。

"我猜想，那就是妮莉的诡计所在！"沿着马车碾压的痕迹，前方出现了一只马队。米妮朝他们点点头，这不正是棕色的摩根马吗？

马儿飞快地奔跑着，蹄子底下尘土飞扬。缰绳上，红色流苏跳起了欢快的舞蹈。

阳光照在马儿的脖子上，马儿脖子的曲线发亮，沿着平滑的肌肤，一直蜿蜒至圆溜溜的腰部。马儿身后，跑着一架闪亮的新型小马车。马车仪表板面金光闪闪，黑色头顶一尘不染，蜿蜒而下罩在座位上，黑色轴条微微发亮，车轮闪烁着红色光芒。劳拉从未见过这么好看的小马车。

"你为什么不鞠躬呢，劳拉？"马车疾驰而过，艾达不禁好奇地问道。

"你没见到他举起帽子向我们打招呼吗？"玛丽·鲍尔说道。劳拉的眼球只盯着漂亮的马儿看，而小马车在她眼前只是一晃而过。

"噢，对不起。我不是故意无礼的。"她说道，"这两匹马儿就像一首诗，不是吗？"

"你该不会认为，妮莉想追求他吧，米妮？"玛丽·鲍尔说，"那也难怪，他是个成年人了，还拥有自己的宅基地。"

"我看见过，她盯着马儿出神。"米妮说，"我猜测，她已经下定决心，总有一天要跳上马背。你也见识过，她那诡计多端的眼神。如今，怀尔德兄弟又添置了一辆新马车……"

"7月4日国庆节时，他还没有小马车呢。"劳拉说。

"这部小马车刚刚从东部运过来。"米妮告诉她们，"他卖掉了小麦，所以就有钱购置新马车啦。今年小麦大丰收，他可挣了不少钱。"米妮总是精通这种消息，因为她的哥哥阿瑟在这方面可谓百事通。

玛丽·鲍尔慢慢地说："我觉得你说的对，在她身上发生这种事可一点儿也不稀奇。"

劳拉感觉有点小惭愧。她可不会巴结怀尔德老师，好让自己爬上阿曼罗·怀尔德的马背。然而，她过去常常期盼着，如果怀尔德老师喜欢自己，她可能有机会威风一回。

怀尔德老师承包了一块地，距离学校不足一英里，她就住在宅基地的小棚屋里面。阿曼罗常常在早上载她去学校，或下午载她回家。每当看到这两匹漂亮的马儿，劳拉总会希望，或许怀尔德老师会邀请她到马车上坐一程。不过这样一来，自己是不是会跟妮莉·奥尔森一样讨人厌呢？

如今见到小马车，劳拉更希望往上坐一坐了。马儿长得这么漂亮，小马车跑得这么快，她要怎样才能压制住内心的渴望呢？

"上课时间快到啦！"艾达说。于是她们回到学校。上学可不能迟到。

在入口处，她们拿起浮在水桶里的长勺，从里面舀了几口水喝。然后，走进教室。经过一番风吹日晒，她们的肤色都黝黑了许多，感觉既燥热又肮脏。相比之下，妮莉穿戴整齐，皮肤白皙，淑女范儿十足，哪怕是一根头发都没有乱。

妮莉仰着鼻子，不屑地扬起嘴角。见劳拉直视自己，她不由地耸耸双肩，翘翘下巴。

"你别以为自己有多了不起，劳拉·英格斯！"妮莉说，"怀尔德老师说，即便你爸爸是学校董事会的一员，他也没什么说话权。"

"什么！"劳拉气呼呼地问道。

"我觉得，他跟其他人一样，拥有平等的说话权，或许分量还更大呢！"艾达语气强硬地说，"难道不是吗，劳拉？"

"那是当然！"劳拉大喊。

"没错。"玛丽·鲍尔说，"因为劳拉和凯莉在学校上学，而其他董事会成员都没有孩子在这里上学，说不定他拥有更大的说话权呢。"

劳拉气冠冲天，妮莉竟敢说爸爸的闲话。此时，怀尔德老师站在台阶上，摇响上课铃声，"铃铃铃"地在劳拉的耳边回荡，真令人心烦意乱。她说："真可怜啊，你父母都是乡下人，妮莉。如果你住在小镇，或许你父亲能加入学校董事会，拥有一点儿说话权。"

妮莉快气疯了，她可真想给劳拉一巴掌。劳拉看见她双手举起，几乎还没时间去思索自己要不要还手，就看见妮莉迅速收手，溜回座位上。原来，怀尔德老师已经走进了教室。

在学生的吵闹声中，劳拉坐了下来。她还是非常生气，几乎看不到其他东西。课桌底下，艾达伸出手，轻轻捏了捏劳拉攥紧的拳头，"好样的！妮莉是罪有应得。"

14. 劝退回家

怀尔德老师作风奇怪，真令人捉摸不透。打从第一天起，男生们就在动歪脑筋，想弄明白他们究竟要顽皮到哪种程度，才会激怒怀尔德老师？大家都不理解，为何怀尔德老师还是不批评这帮捣蛋鬼？

一开始，他们还只是窃窃窣窣地制造声响。后来，他们干脆捣鼓起书本和石板作业本，小打小闹。到最后，吵闹声实在太大，怀尔德老师才开始留意他们。她并没有尖锐地指责最淘气的小男生，而是对全部捣蛋鬼扬起笑脸，很有礼貌地请他们保持安静。

"我想，你们大概还没有意识到自己的声音吵到他人上课了。"她说。

他们都不清楚这是怎么回事。当怀尔德老师转向黑板时，吵闹声越来越大，男生们甚至开始交头接耳说起话来了。

每一天，怀尔德老师都要提醒学生好几遍，要保持安静。这对那些安安静静上课的学生可真不公平！没过多久，男生们就开始说悄悄话，你推我搡，有时候还偷偷躲在座位上打架。有些小女生也开始用石板作业本传字条。

然而，怀尔德老师还是没有惩罚任何人。一天下午，她轻轻敲敲讲台，让全体注意！她说，她很清楚，大家的本意并不坏。她不相信，惩罚学生能达到教育的效果，她认为应该用关爱来帮助学生成长，而不是靠打骂来吓唬学生。她很喜欢大家，相信大家也喜欢她。听到她这么一说，连班上的大同学都感觉尴尬。

"巢中之鸟相处好。"她依然面带笑容。劳拉和艾达却窘迫到不停地蠕动身子。看来怀尔德老师一点儿也不了解鸟儿。

尽管眼神充满忧虑，怀尔德老师依然保持脸上的笑容。不过，她只有面对妮莉·奥尔森时，笑容是真实的。看起来，她似乎完全可以依靠妮莉·奥尔森。

"她可……好吧，她可真是个伪君子。"一天课间休息的时候，米妮悄悄说道。她们站在窗户前面，看男生们玩球儿。火炉旁边，怀尔德老师和妮莉正在说话。相比之下，窗户前面可寒冷得多，但是其他女生都更愿意待在那里。

"我觉得她不太像伪君子。"玛丽·鲍尔回答说，"你觉得呢，劳拉？"

"不……不像！"劳拉说，"不能说她是伪君子。我觉得啊，她只是缺乏判断力。但是，她确实了解课本的所有知识。她很有学问。"

"没错，"玛丽·鲍尔同意劳拉的看法，"但是，难道一个人不能同时掌握课本知识，并懂得生活常识吗？我在想，她连小男生都管不住，等大男生加进来，教室会乱成什么样子？"

米妮的眼睛闪闪发光，艾达的嘴角扬起微笑。不管发生什么事情，艾达总会说说笑笑，心情愉快。相比之下，玛丽·鲍尔一脸严肃，劳拉满脸忧郁。这时，劳拉说："我们可不能让学校出乱子！"她必须好好学习知识，获取教师资格证。

如今住在小镇里面，劳拉和凯莉每天中午都回家，吃上热乎乎、香喷喷的饭菜。尽管劳拉感觉差别不大，但是热菜对凯莉的身体有好处。她依旧脸色苍白，身体消瘦，容易疲倦。她的头总是痛得很厉害，无法专心学习单词拼写。这少不了劳拉的帮忙。每天早晨，凯莉都能背出每个单词。可是一旦被叫起来背诵课文，她总是会犯错。

艾达、妮莉和怀尔德老师都带午饭来学校吃。她们舒舒服服地坐在火炉旁边，享受美餐。当其他女生回到学校后，艾达会加入她们的行列。唯独妮莉，她整个午休时间都跟怀尔德老师聊天。

好几次，妮莉奸诈地对女生们笑着说："总有一天，我要坐在小马车上，让摩根马拉着我跑。你们就等着瞧吧！"女生们可毫不怀疑她有这种本事。

有一天午休结束，劳拉带着凯莉回到教室，走到火炉旁边脱衣服。此时，怀尔德老师和妮莉正在全神贯注地聊天。劳拉听见，怀尔德老师气愤地说："学校董事会！"而后，她们俩人看见了劳拉。

"我要去摇铃了。"怀尔德老师匆匆起身，经过劳拉身旁，看也不看她一眼。劳拉心想，或许怀尔德老师正在发泄对学校董事会的不满。见到劳拉时，她一定想起了劳拉爸爸也是董事会的一员。

那天下午，凯莉在拼写课上又写错了三个单词。劳拉特别心疼，她看起来是那么的苍白、那么的可怜。尽管头痛欲裂，她依旧非常努力。劳拉心想，玛米·比亚兹利也犯了错，这对凯莉而言，心里或许能够舒服一点儿吧！

怀尔德老师合上拼读课本，伤心地说自己非常失望。"玛米，你回到座位上，重新学习这一课。"她说道，"凯莉，你去黑板前面，把'cataract'、'separate'和'exasperate'三个单词，每个抄写五十遍，不准出错。"

她的声音充满了胜利的味道。

劳拉努力控制住自己的脾气，可就是做不到。她快气疯了。让小凯莉站在全班同学面前出丑，这就是赤裸裸的惩罚啊！多不公平！玛米也拼错单词，为什么她就不用接受惩罚？为什么怀尔德老师只惩罚小凯莉一个人？她可以清清楚楚地看到，凯莉身体发软，用尽全力在坚持。她太残忍，太卑鄙，太不公平！

劳拉无助地坐在位置上，看着凯莉既痛苦又勇敢地走向黑板。凯莉浑身颤抖，不停地眨眼睛，强忍住眼眶里的泪水。劳拉看着她站在黑板前面，瘦弱的双手正在一笔一画地书写着，一个长单词紧接着另一个长单词。尽管脸色越来越苍白，她还是不肯停下来。突然，她脸色转灰，紧紧抓住放置黑板擦的木槽。

劳拉迅速举起手，跳起身来。还没得到怀尔德老师的许可，她就开口说道："老师求您了！凯莉快要晕倒了！"

怀尔德老师迅速转身，看向凯莉。

"凯莉！你可以回到座位上了！"她说道。凯莉的小脸蛋汗珠滚滚，死一般的灰色已经褪去。劳拉知道，最危险的时刻已经过去。"坐到前排去吧。"怀尔德老师说道。庆幸的是，凯莉能够撑着身子，走向前排的座位。

之后，怀尔德老师转向劳拉，"既然你不愿意凯莉上来书写拼错的单词，劳拉，那你就到黑板前面替她写完吧。"

全班同学突然安静下来，盯着劳拉看。作为一个大女生，还站在黑板前写字接受惩罚，这可真是莫大的羞辱。怀尔德老师也盯着劳拉看，而劳拉丝毫不回避她的眼神。

她走向黑板，拿起粉笔，沙沙书写。她感觉脸蛋火辣辣地在燃烧，不一会儿，她就明白了没有人在嘲笑自己。于是，一字接一字，她的双手迅速在黑板上飞舞。

劳拉好几次听见，从背后重复传来几句小声话："嘶！嘶嘶！"整个教室还是一如既往地嘈杂。这时，她听见有人压低声音在说："劳拉！嘶嘶！"

原来是查理在向他打招呼。他小声地说，"嘶嘶！快停下来！告诉她，你不写了！我们都会站在你这边！"

这一瞬间，劳拉感觉浑身温暖，然而学校可不能出乱子。她笑着皱了皱眉，对查理摇摇头。查理怏怏地回到座位上，虽然很失望却不再多言。突然，劳拉瞥见怀尔德老师一个气愤的眼神。原来，她把这一切都看在了眼里。

劳拉转身向黑板，继续书写。怀尔德老师没有批评劳拉，也没有责骂查理。劳拉心里愤愤不平："她完全没有权利对我生气。不过她倒应该好好地感谢我，因为我帮她维持了学校的秩序。"

那天傍晚放学后，查理和好朋友卡拉伦斯、埃弗雷德一齐，紧跟在劳拉、玛丽·鲍尔和米妮后面走着。

"我明天就要好好修理那个老刻薄鬼！"卡拉伦斯大声地吹起牛皮来，好让劳拉听见，"我要在她的座位上放一根弯曲的针。"

"我要折断她的戒尺。"查理附和克拉伦斯的话说，"这样一来，即便她抓到你，也不能惩罚你。"

劳拉转身往后走，"男生们，请不要这么做，可以吗？"劳拉请求他们。

"啊，为什么不呢？这样很好玩，再说她也不敢对我们怎样。"查理辩解道。

"哪里好玩？"劳拉问，"即便你们不喜欢她，也不可以这么对待一个女人。我真的希望你们不要这么做。"

"好……好吧，"克拉伦斯放弃了，"噢，好吧，那就算了吧。"

"我们也不会这么做。"埃弗雷德和查理都答应不寻麻烦。劳拉知道，即便他们万般不愿意，还是会说到做到。

那天晚上，在台灯下面温习功课的劳拉突然抬起头，"怀尔德老师不喜欢凯莉，也不喜欢我，我不知道为什么。"

妈妈停下手中的针织活儿。"没有这回事儿，劳拉。"她说道。

爸爸从报纸边上探出头来，"你不要惹事，就不会令她生气，你很快就会感觉不一样了。"

"我遵规守纪，她没理由讨厌我，爸爸。"劳拉认真说道，"可能妮莉·奥尔森说了我的坏话，影响了她。"劳拉说完，重新把头埋进书本，心里在想："她实在是太听妮莉·奥尔森的话了。"

第二天，劳拉和凯莉很早回到学校。怀尔德老师和妮莉坐在火炉旁边，教室内再无他人。劳拉向她们道声早安，径直走向火炉边取暖，谁料裙子碰到煤箱，勾在破损的边缘上了。

"噢，见鬼！"劳拉大叫，弯下腰来解开裙子。

"你的裙子扯坏了吗，劳拉？"怀尔德老师漠不关心地问道，"既然你爸爸是学校董事会的一员，想要什么就能得到什么，为何不给我们弄个新煤箱？"

劳拉惊讶地看着她。"为什么这么说？我当然没有这种能力！"她大叫，"如果你想要，就自己去买。"

"噢，谢谢你的提醒。"怀尔德老师说。

劳拉无法理解，为什么怀尔德老师会这么对她说话。妮莉假装认真读书，嘴角却露出一丝奸诈的笑容。劳拉不知道该说什么，所以什么也没说。

整个早上，教室既混乱又吵闹，而小男生们倒是信守承诺，没有给怀尔德老师找麻烦。他们还是一如既往顽皮捣蛋，无心向学，所以对课本知识一无所知。怀尔德老师精疲力竭，就连劳拉也开始可怜她了。

那天下午，教室安静多了。劳拉正在专心致志地温习地理课。正当她在思考巴西出口贸易时，瞥见前方认真学习的凯莉和玛米正埋头拼读课本，无视其他，嘴唇一张一合，念念有词，却浑然不知，她们来回晃动的身体带动着椅子一摇一晃地动了起来。

劳拉想，一定是将椅子固定在地板上的螺丝钉松动了。不过，只是椅子摇动却没有发出声音，所以应该不碍事。于是，她继续回到课本中，思考海港出口问题。

突然，她听见怀尔德老师尖锐地说："凯莉、玛米！把书本合起来，不用念了，专心摇椅子就行了！"

劳拉抬头，瞧见目瞪口呆的凯莉瘦弱的小脸蛋已吓得发白，而后惭愧得泛红。她和玛米乖乖地合上拼读课本，轻声地摇晃起椅子来。

"课堂必须安静，你们才能读得进书。"怀尔德老师甜甜地解释说，"从今以后，任何企图打扰我们上课的人，就这样一直打扰下去吧，直到你们累到停下来为止。"

玛米并不太在意，可是凯莉感觉太羞愧了，她简直想痛痛快快地大哭一场。

"继续摇椅子，你们两个女生！没有我的允许，谁也不准停下来。"怀尔德老师的声音充满奇怪的胜利感。她转身向黑板，继续给男生们解释一个数学问题，可是没人愿意听她的。

劳拉努力将注意力转移到巴西上，却怎么也没办法做到。不一会儿，玛米稍微甩甩头，大胆地坐到过道对面的椅子上。

凯莉继续摇椅子，不过双人椅子实在太沉了，她一个小女孩根本无法摇起来。慢慢地，椅子也就停止了摇动。

"继续摇啊，凯莉。"怀尔德老师依旧甜甜地说道。然而，她一点儿也不批评玛米。

劳拉气红了脸，再也控制不住自己的脾气了。她讨厌怀尔德老师的不公和卑鄙。玛米就坐在一边，不愿意接受惩罚，而怀尔德老师竟然说也不说她。凯莉太瘦弱，根本不够力气来晃动椅子。劳拉很难再控制自己的情绪。她狠狠地咬住嘴唇，竭力控制自己的情绪，安静地坐在座位上。

她心想，凯莉很快就能免除惩罚了。她面色苍白，努力摇晃椅子，但是椅子实在太重了，晃动得越来越慢。到了最后，凯莉用尽全身力气，也无法摇起椅子来。

"摇快点，凯莉！再快点！"怀尔德老师说，"你不是想摇椅子吗，那就摇个够啊！"

劳拉站起身来，愤怒占据她的身体，而她不但不抑制自己，还很快就完全失去了控制。"怀尔德老师！"她大喊，"如果你想椅子摇快点，我来给你摇！"

听劳拉这么说，怀尔德老师高兴极了，"你就这样做吧！不用看书了，只要摇椅子就够啦。"

劳拉匆匆跑下过道，轻声对凯莉说："坐好休息。"她双脚岔开，稳稳地固定在地面上，一来一回晃动椅子。

爸爸经常说，她强壮得就像一匹法国小马，这不是没有道理的。

"砰！"椅子后脚着地。

"砰！"椅子前脚着地。

所有的螺丝钉完全松掉，

"砰、砰！砰、砰！"椅子有节奏地唱起歌儿来，劳拉摇得正过瘾，而凯莉只是坐在上面休息。

摇椅子可一点儿都没有消除劳拉心中的愤怒。她越来越生气，椅子摇晃得越来越大声、越来越迅速！

"砰、砰！砰、砰！"如今，没有人能够安心学习了。

"砰、砰！砰、砰！"怀尔德老师几乎无法听见自己的声音。她扯着喉咙，大声讲授《第三读者》的课程。

"砰、砰！砰、砰！"没有人能够背诵课文，谁也听不见自己的声音。

"砰、砰！砰、砰！"

怀尔德老师大声喊道："劳拉，你和凯莉被劝退了。你们可以回家了！不用再过来上学了！"

"砰！"劳拉最后一下晃动椅子。然后，教室是死一般沉寂。

大家都听说过劝退这件事，但是没有人亲眼见过。这是比鞭子鞭打更严重的惩罚。只有一种惩罚比它更可怕，那就是被学校开除。

劳拉抬起头来，眼冒金星。她抓起凯莉的课本，后面跟着缩成一团的凯莉。她浑身发抖地站在门边，等劳拉拿回自己的书本。教室里鸦雀无声。出

于同情，玛丽·鲍尔和米妮不敢看劳拉。妮莉·奥尔森也在专心看书，然而依然掩盖不了嘴角一丝狡诈的微笑。艾达同情地看了一眼劳拉。

凯莉打开门来，两姐妹走出去，"砰"的一声关上了身后的门。

在学校门口，她们穿上了外套。校园以外的一切都显得那么陌生、那么空白，因为这儿没有人，回小镇路上也没有人。正值下午两点，还不到放学回家的时间呢。

"噢，劳拉，我们该怎么办？"凯莉无助地问道。

"我们当然是回家去。"劳拉回答说。她们朝着家的方向走去，距离学校已有一段距离了。

"爸爸和妈妈会怎么说？"凯莉的声音在颤抖。

"到时候就知道了。"劳拉说，"他们不会怪你的，这不是你的错。这是我的错，因为我摇椅子太用力了。不过我很开心！"她继续说道，"再给我一次机会，我还会这么做！"

凯莉并不在意这是谁的错。对于害怕回家的人来说，任何安慰都是无济于事的。

"噢，劳拉！"凯莉戴着手套，握紧劳拉的手。两人继续前行，不再说话。穿过主大街，她们回到家门口。劳拉打开门，她们一起走进屋。

爸爸正在书桌上写材料，听到开门声后转身过去。妈妈从椅子上站起来，纱线球滚过地板。小猫咪开心地玩了起来。

"怎么回事？"妈妈惊讶极了，"女儿们，到底怎么回事？是不是凯莉生病了？"

"我们被劝退了。"劳拉说。

妈妈坐下来，无助地看着爸爸。一阵可怕的沉默过后，爸爸严厉地问："这是为什么？"

"这是我的错，爸爸。"凯莉迅速回答说，"我不是故意的，但我们就是错了。玛米和我先开始摇椅子的。"

"不，这都是我的错。"劳拉反驳道。她讲述了事情的起因、经过和结果。之后，可怕的沉默又回到几人当中。

爸爸严厉地说："你们明天早上回学校去，就当什么事情都没有发生。怀尔德老师可能错了，但她毕竟是你们的老师。我可不想我的女儿们在学校里到处惹麻烦。"

"我们不会的，爸爸。"姐妹俩向他保证。

"脱下校服，温习功课去吧。"妈妈说，"你们下午可以在这里学习。明天你们就按照爸爸说的做，一切的不愉快可能就已经随风而去了。"

15. 学校董事会来访

第二天早上，她们回到学校时，劳拉看见妮莉·奥尔森惊讶而失望的表情。妮莉可能期望，她们永远不会再回来了吧。

"噢，你们回来了，真令人开心！"玛丽·鲍尔说道。艾达温暖地拍了拍劳拉的手臂。

"你不会被她的卑鄙吓倒，对吧，劳拉？"艾达说。

"我不会让任何人和事阻碍我上学。"劳拉回答说。

"如果被学校开除了，我看你还怎么接受教育。"妮莉插上一句。

劳拉看看她，"我过去没做错，将来也不会做错任何事情，怎么可能被开除？"

"你爸爸在董事会，怎么也不敢开除你啊，不是吗？"妮莉说。

"希望你不要再提起，我爸爸是学校董事会一员这件事！"劳拉突然提高声量，"真不知道，这件事与你何干……"这时，上课铃声响起，所有人都回到座位上。

凯莉行事小心，从不敢反抗爸爸。劳拉也是个听话的乖孩子。这时的劳拉，并没有想到《圣经》里的诗句："杯子和盘子，外面干净里面脏。"事实上，她就像这样的杯子和盘子。内心深处，她讨厌怀尔德老师，心中的怒火还在熊熊燃烧：可恶的怀尔德老师竟敢对凯莉如此不公平！迟早要让她得到报应。但表面上看，她表现良好，一点儿也看不出内心的小恶魔。

学校从未如此吵闹。教室里，书本翻阅的声音与拳打脚踢、交头接耳的声音混杂在一起。只有大女生们和凯莉安静地坐在位置上学习。不管怀尔德老师转向何处，身后总会传来乱哄哄的嘈杂声。突然，一声刺耳的尖叫声响起。

查理突然跳了起来，手捂屁股。"一根针！"他大喊，"我的座位上有一根针！"

他拿起一根弯曲的针，给怀尔德老师看。

这次，她双唇紧闭，不苟言笑，尖锐地说："你过来这里，查理。"

查理对全班同学眨了眨眼睛，慢悠悠地走向怀尔德老师的讲台。

"伸出你的手。"刚说完，她便把手伸进讲台里面寻找戒尺。有一会儿，她先凭感觉去摸索。后来，她干脆将头全埋进讲台内，却怎么也没找到戒尺。她问："有人看见我的戒尺了吗？"

没有任何人举手。怀尔德老师气得脸色通红。她对查理说："站在角落那边，面壁思过！"

查理走到角落，还在不停地摸着屁股，好像真的被针刺痛了似的。卡拉伦斯和埃弗雷德狂笑不止。怀尔德老师转身，迅速看向他们。而查理则快速地扭头对怀尔德老师做鬼脸，引得男生们哄堂大笑。查理的动作飞快，每当怀尔德老师回头查看笑声的来源时，都只是看见了查理的后脑勺。

她转身了大约三四次，每次都没有抓到查理在做鬼脸。整个教室咆哮了起来。只有劳拉和凯莉依然在专心念书。大女生们笑得快喘不过气来，连连用手帕捂住嘴。

戒尺找不着，怀尔德老师只好用指关节敲打讲台，让全班安静下来。然而，她根本无法维持秩序。她不能每时每刻都盯着查理看，每次她一扭头，查理就做鬼脸，全班同学就会哈哈大笑。

男孩们没有食言，但是他们却更加调皮。劳拉并不在意。实话说，她还挺得意的。

当卡拉伦斯溜出座位，匍匐在过道上爬上爬下时，劳拉对他报以微笑。

课间休息时，她待在教室内。因为她确信，男孩们正在外头谋划更多的恶作剧，所以她必须待在她听不到的地方。

课间休息后，课堂秩序更混乱了。男生那一边，一团团纸球在空中飞舞。女生这一边，所有的小女生都在交头接耳，传递纸条。当怀尔德老师转身面对黑板时，卡拉伦斯在过道上爬来爬去，后面跟着埃弗雷德。查理蹑手蹑脚，像一只猫似的跑下过道，在他们的背上做青蛙跳。

他们希望得到劳拉的认可，而劳拉也冲他们露出了笑容。

"你在笑什么，劳拉？"怀尔德老师从黑板前转过身来，尖锐地问她。

"我有笑吗？"劳拉从书中抬起头来，一脸惊讶。此时，教室安静了下来，男生们已经回到座位上，每个人似乎都在认真地读书。

"还说没笑！"怀尔德老师厉声地说。她用尖锐的眼神盯着劳拉看，然后转身回到黑板上。除了劳拉和凯莉以外，几乎所有人都发出一阵哄笑。

那天上午，劳拉一直保持安静，眼睛盯着课本看，只是偶尔偷偷瞥一眼凯莉。有一次，凯莉回头看劳拉，两人眼神交织。劳拉竖起食指，放到嘴唇上，示意凯莉安静。于是，凯莉乖乖地回到课本上。

不管转向哪里，怀尔德老师的身后总是充满各种杂音，她感觉越来越迷糊。中午，她提前半个小时放学。爸爸和妈妈惊讶地问道，为何劳拉和凯莉又提前回家。

听完女儿们讲述课堂的混乱，爸爸一脸严肃。然而，他仅仅说了一句："女儿们，记住我说过的话，千万要做好自己。"

她们没有犯错。第二天，课堂秩序更加糟糕，几乎全部同学都在公开嘲笑怀尔德老师。劳拉十足被吓坏了，没想到自己开的头，竟然会带来这样的结局，自己也不过是笑了笑男生们的捣蛋行动而已。不过，她丝毫没有劝阻的意思。她永远不会忘记，怀尔德老师对凯莉的不公平。她永远不想原谅怀尔德老师。

如今，每个人都在取笑、折磨、捉弄怀尔德老师，连胆子最小的也冲她咯咯直笑，妮莉加入其中。她依然是老师的走狗，却将怀尔德老师对她说过的事情，一五一十地讲给女生们听，让大家一起笑她。一天，她告诉大家，怀尔德老师的真名叫伊莉莎·简爱。

"这可是个秘密噢！"妮莉说，"她很久之前告诉过我，然而她不希望任何人知道。"

"我不明白，这是为什么？"艾达好奇地说道："伊莉莎·简爱是个好听的名字啊。"

"让我来告诉你为什么。"妮莉说，"当她还小的时候，家住在纽约州。一天，有个脏兮兮的小女孩来上学，怀尔德老师必须和她坐在一起，还有……"妮莉让其他人簇拥过来，小声地说，"她头上长虱子！"

她们全部都吓跑了，玛丽·鲍尔大喊："你不应该讲述这种可怕的事情，妮莉！"

"我才不会讲，这是艾达问我的。"妮莉说。

"妮莉·奥尔森，我可从没问过这种事啊！"艾达大声反抗。

"还说没有！继续听着。"妮莉咯咯地笑，"故事还没有结束。怀尔德向老师打小报告，老师只能将那位脏兮兮的小女孩送回家，这样一来，全部人都知道这回事了。整整一个早上，怀尔德夫人都不让女儿上学，待在家里给她去除头上的虱子。怀尔德老师哭啊哭，她太害怕回到学校了，所以走得特别慢，连上课都迟到了。课间休息期间，全班同学都会在她周围大喊，'懒鬼伊莉莎虱子多！'从那以后，她再也接受不了自己的名字。只要她待在学校，全部人就会取笑她，'懒鬼伊莉莎虱子多！'这让她恼怒不已。"

妮莉讲得太生动太好玩，逗得女生们咯咯大笑，虽然这样笑确实让人有点惭愧。之后，她们一致同意，绝不告诉妮莉任何东西，因为她是个两面派。

学校太吵闹，简直没有一点儿学校的样子。当怀尔德老师摇响校钟时，所有学生都成群结队，一拥而上，吵得她不得安宁。一时间，她没办法看住任何人。事实上，她连一个人都看不好。他们拍打石板作业本和书籍，乱扔纸屑和纸团，吹口哨，在过道随处跑。他们都联合起来，跟怀尔德老师对着干。取笑、打扰、折磨怀尔德老师，就是上学之乐。

全体同学公然对抗怀尔德老师，这几乎要把劳拉吓坏了。没有人能够阻止他们。教室一团乱，劳拉静不下心来学习。读不进书，就无法考取教师资格证，就无法帮助玛丽继续念书了。可能玛丽注定没书读，因为劳拉两次用微笑鼓励男生们继续捣蛋。

如今，劳拉明白自己不能这么干，但她并不后悔。她仍然无法原谅怀尔德老师。每次一想起怀尔德老师对待凯莉的那副嘴脸，她就愤怒不已，心中似乎有团熊熊怒火正在燃烧。

周五早上，教室乱哄哄的，连艾达也放弃学习，开始在石板作业本上乱涂乱画了。学习第一册拼读课本的学生都在故意犯错，并彼此互相取笑。怀尔德老师让学生站到黑板前，罚写拼错的单词。这下可好，怀尔德老师被两面夹击，腹背受敌，夹在中间团团转。艾达来回晃动双脚，手中的画笔停不下来，还哼起了小曲儿，怀尔德老师无暇顾及教室的哄乱。劳拉握紧拳头，捂住耳朵，想认真看看书。

下课休息时，艾达给劳拉展示了她所画的图像。这是一幅关于怀尔德老师的漫画，简直太逼真了，跟原人差别甚小。在图片下方，艾达写道：

上学乐趣非常多，

嘻哈打闹还长肉，

懒鬼利兹虱子多，

引人大笑肚子疼。

"不知为何，我就是找不准节奏。"艾达说。玛丽·鲍尔和米妮一边欣赏图画，一边哈哈大笑。这时，玛丽·鲍尔说："可以请劳拉帮帮你噢，她的节奏感向来不错。"

"噢，你愿意吗，劳拉？请你帮帮我，好吗？"艾达问道。劳拉递过石板和铅笔，当其他人在一旁等待的时候，她脑子不停地转动，思索音调并往里填词。她原意只想艾达开心，然而心中却有点小窃喜，想抓住机会向大家展示自己的能力。她在艾达擦掉字迹的地方，写上这样一小段诗歌：

> 上学乐趣真不少，
> 哈哈大笑体重高。
> 懒鬼利兹虱子多，
> 令人捧腹咯咯笑。

一听到这段歌，艾达和其他人都非常开心。玛丽·鲍尔说："我早就告诉你啦，劳拉就是这么厉害。"这时，怀尔德老师摇响上课铃。课间休息很快结束。

男生们走进教室，大吵大闹，一个劲地制造各种噪音。查理经过艾达旁边时，瞥见了那个本子。艾达大笑，直接让他拿走了那幅漫画。

"噢，不！"劳拉轻声呐喊，但是已经太迟了，男生们将本子传来传去。不知不觉中，中午悄然而至。劳拉担心，怀尔德老师会发现这个本子，上面不仅有艾达的漫画，还有自己亲笔书写的诗句。然而，本子妥妥地溜回艾达手中，她迅速拿破布擦干净上面的图画和文字，这时劳拉才长长地舒了一口气。

天气晴朗，阳光明媚，当全部学生回家吃午饭时，劳拉听见男生们唱着歌儿，一路跑向主大街：

> 上学乐趣真不少，
> 哈哈大笑体重高。
> 懒鬼利兹虱子多，
> 令人捧腹咯咯笑。

劳拉惊讶极了，瞬间觉得心里特别难受。她大喊："他们不可以这么唱！我们必须阻止他们。噢，玛丽·鲍尔，米妮，快来快点！"她大叫，"男生们！查理！克拉伦斯！"

"他们听不见的。"米妮说，"更何况，我们也阻止不了他们。"

转眼间，男生们四散而去，交头接耳后，奔向主大街的各个角落。然而，劳拉的心还一直紧绷着。当一个男生唱起歌儿来，其他人会陆续加入。"上学乐趣真不少……"他们蹦蹦跳跳地跑下主大街。

"懒鬼利兹虱子多！"

"噢，为什么他们这么没脑子！"劳拉说。

"劳拉，"玛丽·鲍尔安慰她说，"我们现在只需要做一件事，那就是千万不要告诉别人，这是谁写的诗歌。艾达肯定不会，这点我很清楚。我也不会，米妮应该也不会，对吧？"

"我发誓，我绝对不会！"米妮信誓旦旦地说，"但是，妮莉·奥尔森会不会说呢？"

"她还不知道呢。整个课间休息，她都在和怀尔德老师聊天。"玛丽·鲍尔提醒她们，"你也永远不会说出来的，对吧，劳拉？"

"如果爸爸或妈妈问起我，我会直说的。"劳拉说。

"他们不会这么问的，这样一来，就没人知道了。"玛丽·鲍尔一直在劝慰劳拉。

吃午饭时，查理和克拉伦斯从门前经过，唱着那首可怕的诗歌。爸爸不禁问道："这不像我听过的歌儿啊，你们有没有听说过懒鬼利兹虱子多？"

"我没听过。"妈妈说，"不过这听上去，可不是什么友好的歌曲啊。"

劳拉一声不吭，心里一直犯嘀咕，自己可从未如此懊恼啊。

男生们围着校园打转，口中一直唱着歌儿。妮莉的弟弟威利也跟他们玩在一起。教室内，艾达和妮莉站在窗户旁边，远远地避开怀尔德老师。她肯定知道，妮莉告诉了大家'懒鬼伊莉莎虱子多'的故事。

妮莉气愤极了。她迫切想知道，到底谁写了那首诗歌。艾达不会说，其他人也守口如瓶。毫无疑问，妮莉的弟弟威利应该知道，或者能够查清楚。然后，他就会告诉妮莉，那么怀尔德老师也就知道了。

那天晚上放学后，以及周六整整一天，男生们都还一直唱着这首歌儿。天气晴朗，阳光甚好，他们都跑到屋外玩耍。此时的劳拉，特别希望来一场暴风雪，将这帮喋喋不休的男生们关在屋内。她从未感觉如此惭愧，因为自己将妮莉的八卦小料搞到人尽皆知。她责怪自己，但更责怪怀尔德老师。如果怀尔德老师对凯莉公平点，她也不会招惹这么多麻烦事儿。

那天下午，玛丽·鲍尔过来玩儿。每逢周六下午，她和劳拉会约好见面，一起干活。此时，她们正坐在阳光明媚的欢乐前厅。

劳拉正用钩针编织一条头巾，软软的羊绒，白白的料子，这是给玛丽准备的圣诞节礼物。玛丽·鲍尔也在编织一条丝绸领带，这是送给爸爸的圣诞节礼物。妈妈坐在摇摇椅上，编织毛衣。她有时候会给孩子们读教堂报纸——《先进报》中的有趣片段。格蕾丝在屋外玩耍，凯莉正用九块碎布缝制一张被子。

这样的午后，多么的愉快！冬日暖阳徐徐溜进屋内，燃煤加热器缓缓地释放温暖。小猫咪已经长成一只大猫，它舒展四肢，懒洋洋地躺在毛毯上，沐浴在暖阳中，"喵喵喵"地直撒娇。有时候，它会蜷缩身子，对着前门大喊大叫，希望出去溜达一圈，找大狗玩儿。

猫咪在小镇可谓远近闻名。它长得特别漂亮，毛发干净，蓝白相间，身体纤细，尾巴挺长。每个人见到它都想拍拍它。然而，它是一家之猫，已经认主，只有猫主人才能碰它。一旦有人弯腰轻抚，它便会扭捏身子，张牙舞爪，企图一爪子打到他脸上。这时，通常有人会尖叫，"不要碰那只猫！"那人才能及时得救。

它喜欢坐在前门阶上，打量小镇的一举一动。男孩们，有时候甚至男人们，会牵来一只新狗，玩弄猫咪。只见它旁若无人地坐在原地，任凭狗狗咆哮，脸色不改。然而，它已经做好准备。当狗狗冲过来时，它会一跃而起，发出刺耳的尖叫，稳稳地落在狗背上，四爪紧紧插进狗狗的皮肉里。这会儿，吓坏的狗狗只好落荒而逃。

尽管狗狗厉声尖叫，猫咪还是安静地坐在狗背上，旁若无人。当它觉得离家足够远时，才会跳下狗背。这会儿，狗狗还在一个劲地往前冲，而猫咪骄傲地竖起尾巴，神气十足地回家了。只有新来的狗才会不知深浅，胆敢挑战猫咪。

周六下午的时光是最愉快的。这里有友好的玛丽·鲍尔、舒适的小家和欢乐的猫咪，劳拉感觉十分心满意足。她呆呆地坐着，担心又听见男生们唱起歌来。忧郁像千斤大锤，压在她心头。

"我还是对爸爸和妈妈一吐为快吧。"她心想。然而，她心中对怀尔德老师的厌恶感丝毫不减。她写下诗歌时，从没想过要伤害谁。这不过是她在课间休息时的小作品罢了，可没影响上课时间。可这太牵强，太难解释了！或许像妈妈说过的，一切都会随风而逝。多说反而误事。然而，就在此时此刻，可能已经有人将事情的经过一五一十地告诉了爸爸。

玛丽·鲍尔也很惊慌。她们都犯了错误，必须要解开针线，重新织好。周六下午，她们可从未像今天一样，几乎什么都没干。她们只字不提学校发生的事情，愉快的上学时光已经过去，她们不再期待周一早上的到来。

周一早上是最糟糕的时刻。这会儿，连假装读书的人都没有。男生们吹着口哨，模仿猫叫，追逐打闹。除了凯莉以外，所有小女生都在交头接耳，咯咯直笑，甚至还在座位上窜来窜去。怀尔德老师说："安静，请安静！"但是，她的声音很快就淹没在一片嘈杂之中。

突然，门口传来一阵敲门声。劳拉和艾达离门最近，她们听到声音后，看了看彼此。等敲门声再次响起时，艾达举手示意，然而怀尔德老师并没注意到她。

突然，敲门声更加激烈了，几乎所有人都听得一清二楚。大门打开，教室里鸦雀无声。教室陷入死一般的沉寂，爸爸走进来，后面跟着两个男人，劳拉并不认识他们。

"早上好，怀尔德老师。"爸爸说，"学校董事会决定，是时候来学校走访走访了。"

"是时候该想点办法了。"怀尔德老师回答说。她满脸通红，而后又平静下来，安静地跟另外两个男人打招呼，"先生们，早上好！"怀尔德老师将爸爸一行三人请到教室前面。他们站在讲台上，环视整个班级。

每一个学生都老老实实地坐在位置上，劳拉的小心脏在剧烈地跳动。

"我们听说，你遇到了一点儿小麻烦。"那个高大严肃的男人一本正经，但也不乏和蔼。

"没错，非常庆幸有这个机会，能向你们讲述事情的经过。"怀尔德老师生气极了，"这一切都是劳拉·英格斯在搞鬼。她自以为父亲在校董事会，就能在学校呼风唤雨。英格斯先生，这就是事实！她吹嘘自己能管理学校。她以为我没听见，但我确实听见了！"她愤怒地瞥了一眼劳拉，脸上露出了得意扬扬的神情。

劳拉目瞪口呆，她从未想过怀尔德老师会说谎。

"我很抱歉，怀尔德老师。"爸爸说，"我相信，劳拉不是故意制造麻烦的。"

劳拉举起手，想说点什么，但是爸爸对她轻轻地摇摇头。

"她鼓励男生们干坏事，不遵守课堂规矩，才会招来这么多麻烦事儿。"怀尔德老师说道，"劳拉·英格斯手把手教他们恶作剧，教他们不守规矩。"

爸爸看看查理，他的眼睛直溜溜地在打转，"小男生，我听说，你因为坐在一根弯针上，受到了处罚。"

"噢，不，先生！"查理一脸天真地回答道，"我受罚，不是因为坐在针上，而是因为我跳了起来，拔掉屁股上的那根针。"

那位欢快的校董事突然大笑，呛了口气，连连咳嗽。就连神情严肃的那位董事，也忍不住偷笑，胡子不停在抽搐。唰地一下，怀尔德老师的脸红得发黑。爸爸依然一脸严肃，淡定如初。其他人都笑不出来。

爸爸放慢语气，语重心长地说："怀尔德老师，我们希望你能明白，学校董事跟你站在一起，共同维护校园纪律。"他一脸严肃地看向整个教室。"全体学生，你们必须听怀尔德老师的话，好好表现，学好功课。我们都希望能有个好的学校，我们一定能做到。"

每当爸爸这样说话时，他都特别认真，说到就一定能做到。

教室一片安静。三位董事告别怀尔德老师，离开教室，此后再无人敢吭声。无人打闹。每位学生都在安静地学习，勤奋地上好每一堂课。

回到家里，劳拉一声不吭。她不知道，爸爸会怎么说自己。必须等爸爸先说话，自己才能开口。然而，直到洗好碗碟，大伙围坐在台灯下时，爸爸才开口提起这事。

他放下报纸，看着劳拉，慢慢地说："劳拉，你是不是该解释一下，你

对别人说了什么，才会让怀尔德老师产生那种想法？她怎么会以为我是学校董事会一员，女儿就狂妄自大，以为自己能管理学校了呢？"

"我从没说过这种话，我想都不敢这么想，爸爸。"劳拉认真地说。

"我知道你没有。"爸爸说，"但是，她一定看到了什么事情，才会产生这种想法。快想想，究竟可能是什么事情？"

劳拉绞尽脑汁，还是没准备好回答这个问题，因为她脑子里一直在为自己辩解，力图证明怀尔德老师在说谎！然而，她从未仔细思考过：为什么怀尔德老师会这么做？

"你有没有跟别人提起，我在学校董事会工作？"爸爸提示她。

妮莉·奥尔森倒是经常说起这件事，可劳拉真希望她没有提起。而后，她又想起了那次拌嘴，那时妮莉差点打了她一巴掌。于是，劳拉说道："妮莉·奥尔森告诉我，怀尔德老师说，即便您是学校董事，在董事会上也没什么说话权……"

劳拉气急败坏，无法清晰地记起当时说过的话。"我说，您跟其他人拥有同样的话语权。然后我说：'真可惜你爸爸在小镇没有地盘。如果你们不是乡下人，你爸爸可能在学校董事会占有一席之地。'"

"噢，劳拉，"妈妈伤心地说，"想必就是这句话激怒了她。"

"那是我的本意所在！"劳拉说，"我就是想激她生气。想当年，我们住在梅溪河畔，她常常取笑玛丽和我是乡巴佬。现在，她也能亲自尝尝这种滋味了。"

"劳拉啊劳拉！"妈妈悲伤地指责她，"你怎么能这么计较？就不能宽容一点儿吗，那都是多少年前的事情了啊。"

"她对您很傲慢，对杰克也很粗鲁！"劳拉说完，泪珠子在眼眶打转。

"没关系，"爸爸说，"杰克是条好狗，它的好心已经让它升到天堂。这么说来，妮莉歪曲了你的话，告诉了怀尔德老师，这就是祸害的源头。我明白了。"他拿起报纸，"劳拉，或许你已经学习到了一门宝贵的课。要记住，你说了别人的坏话，别人也会说你的坏话。"

有一会儿，全部人都陷入了沉默，凯莉开始复习单词拼读。妈妈说："劳拉，帮我把签名册拿过来好吗？我想在里面写点东西。"

劳拉从楼上盒子里取来签名册。妈妈坐在桌子旁，用那支小小的珍珠笔，认真地勾勒一笔一画。然后，她把签名册放在台灯上面，小心翼翼地烘干墨迹，交还劳拉。

在这张光滑的奶白色页面上，妈妈字迹娟秀地写着：

> 从容处事，从容待人，探寻智慧。
>
> 与人谈论，谈论他人，多想多虑。
>
> 怎么发生、何时发生、何地发生。

爱你的妈妈：凯瑟琳·英格斯

1881 年 11 月 15 日于迪斯梅特

16. 名片

这么久以来，大家都在为入冬做准备，然而冬天却似乎遥遥无期。日子晴朗，阳光明媚。地面虽然结了一层冰，却不见一片雪花。

秋季学期结束，怀尔德老师回到明尼苏达州。克利维特先生是新来的老师，他言语不多，但字字稳重且纪律严明。如今的课堂，除了背诵诗歌时的低声细语，学生不敢发出一丝声响。每一排座位上，都整整齐齐地坐满了认真学习的学生。

大男生都入学了。卡普·加兰德也过来了，他的脸蛋被晒得既黝黑又通红，他的苍白头发和苍蓝眼睛似乎已经花白。不变的是，他那快如闪电、暖似阳光的笑容。大家都还记得，去年严冬，他与阿曼罗·怀尔德一起运回小麦，使得所有人免于饿死的英雄事迹。一同回到学校的还有本·伍德沃斯、弗雷德·吉尔伯特和米妮的弟弟阿瑟·约翰逊。弗雷德的父亲刚刚带回最后一批信件，火车已经停运。

天气晴朗，不见下雪。午间休息时分，男生们在教室外打棒球。大女生则都不再走出教室。

妮莉在用钩针编织东西，艾达、米妮和玛丽·鲍尔则站在窗前，望着外面的同学玩扔球的游戏。有时候，劳拉会加入她们，但更多时候她会坐在书桌前，认真看书。她心里有种紧迫感，她甚至感到害怕，担心自己无法通过考试，无法在 16 岁时考取教师资格证。如今，她已经快满十五岁了。

"噢，劳拉，快过来！看看他们在玩球！"艾达一整个中午都在怂恿她，"你还有一整年的时间可以好好学习呢，不用太着急。"

劳拉合上书本，见女生们都想跟自己玩，她感觉非常开心。妮莉傲慢地把头一仰，"我真欣慰，自己不用做老师。"她说，"就算我不工作，父母也能过上好日子。"

劳拉尽力压低声音，甜甜地回答说："你当然不用干活，妮莉。但你瞧瞧啊，我们可不是依靠东区亲戚过活的寄生虫。"

妮莉气急败坏，努力想说点什么表示抗议，却结结巴巴，吐字不清。玛丽·鲍尔冷言冷语地打断她："如果劳拉想教书，任何人都无权干涉。劳拉很聪明，她会成为一名好教师。"

"没错！"艾达说，"她的学习成绩远远超过……"话音未落，大门打开，卡普·加兰德走了进来。他从小镇直接过来，手里提着一个小条纹纸袋。

"女生们，你们好，"他热情地打起招呼来，眼神一直停留在玛丽·鲍尔身上。他将纸袋子递给玛丽，笑开了花儿，"吃点糖果吗？"

妮莉反应更快。"噢，卡皮！"她直接抢过袋子，"你怎么知道我喜欢吃糖果？这还是小镇里最好吃的糖果！"她笑盈盈地看着卡普，劳拉从未见过这种得意的表情。卡普似乎很惊讶，显得十分腼腆。

"你们想要来一点儿吗？"妮莉大方地打开袋子，飞快地递给每个女生。然后，她自己拿了一颗，便将袋子放回裙子口袋里。

卡普无助地看着玛丽·鲍尔。谁知她头一甩，看向别的地方。他有点手足无措地对妮莉说："你喜欢就好。"说完便到外面玩球去了。

第二天中午，他又带了糖果过来。他又递给了玛丽·鲍尔，中途却再次被妮莉抢走。

"噢，卡皮，你真会照顾人，又带糖果给我吃。"她对卡普笑了笑。这次，她故意拉开与其他女生的距离，眼中只有卡普一人，"我可不是贪吃的小猪噢，我可不会把糖果全部吃光光。你也来一块吧，卡普。"她不停地劝说卡普。见他拿了一颗糖，妮莉迅速吃光了剩下的糖，还不停地嘀咕着说，卡普真是个好人，长得既高大又强壮。

卡普看起来很无助，但还是很开心。劳拉知道，他无力对付妮莉。玛丽·鲍尔才不屑跟妮莉竞争呢。劳拉越想越生气，像妮莉这样的女孩，难道想要什么就能得到什么吗？她想要的可不仅仅是糖果呢。

妮莉一直缠着卡普，喋喋不休地说个没完，直到克利维特老师摇响上课铃声。其他人都假装看不到他俩。劳拉请玛丽·鲍尔在她的签名册上写几句话。除了妮莉外，其他女生都互相在签名册上留言。唯独妮莉没有签名册。

玛丽·鲍尔坐在课桌前，用墨笔认认真真地书写诗歌。其他人都等在一旁，迫不及待地想一看究竟。她的字迹可真漂亮，选的诗歌也很优美。

> 山谷玫瑰会凋谢，
> 年轻快乐会消散。
> 其他花朵会凋零，
> 友谊之花永绽放。

劳拉的签名册里面多了许多珍贵的留言。这里不仅有妈妈亲笔书写的诗歌，紧接着的一页还有艾达手写的诗歌：

> 在记忆的金盒子里，
> 为我放进一颗珍珠。
>
> 你最友好的朋友：艾达·B.怀特。

卡普时不时越过妮莉的肩膀，无助地看向她们。然而，她们一点儿也没在意他，更没在意妮莉。米妮·约翰逊问劳拉，可否在她的签名册上写几句话。劳拉说："如果你给我写的话，我就给你写。"

"我会尽力的，不过我写的可远远没有玛丽写的优美。她的字迹美得就像铜板印刷出来的一样。"米妮说完，坐下来写道：

> 当我亲笔写下的名字
>
> 在纸上暗淡，
>
> 当你的签名册页面
>
> 随岁月泛黄，
>
> 你还是要暖暖地想起我，
>
> 永远不要忘记，
>
> 无论我身处何方，
>
> 我都会记得你。

米妮·约翰逊

上课铃声响起，所有人回到座位上。

那天下午课间休息期间，妮莉嘲笑起签名册来。"它们都过时啦！"她说道，"我以前也有一本，现在我早就不玩这种东西了。"没人相信她。她继续说道："在东区，也就是我的故乡，名片才流行呢。"

"什么是名片？"艾达问。

妮莉假装非常惊讶，而后笑了笑："你当然不知道。我明天就把名片带过来，给你们好好看看。但是我不会送给你们，因为你们都没有名片可以给我。名片是用来交换的。在东区，人人都在交换名片。"

她们不相信妮莉。签名册怎么可能过时？它们正流行着呢。妈妈九月才刚刚从爱荷华州温顿区带回签名册。回家路上，米妮·约翰逊说："妮莉肯定吹牛。我不相信她有名片。我不相信有这种东西。"

话是这么说，第二天早上，米妮和玛丽·鲍尔还是伸长脖子，在劳拉家门口等她出门。原来，玛丽·鲍尔打听到了什么是名片。送报纸的杰克·霍普说，银行旁边的报社就在印制名片。它们是五颜六色的卡片，上面画有七彩花朵和鸟儿的图案，霍普先生可以把名字印在上面。

"我不相信妮莉·奥尔森有名片。"米妮坚持说道，"她肯定是刚刚发现有名片这种东西，计划弄几张过来，假装告诉我们，这是东区的名片。"

"名片怎么卖？"劳拉问。

"图片越漂亮，印刷越精致，价格就越高。"玛丽告诉她们，"我选择普通印刷，一打名片花了25美分。"

劳拉不再多说。玛丽·鲍尔的父亲是裁缝，整个冬天都有活儿干。但是，眼下小镇没有木匠活儿可干，或许明年春天才会有。爸爸一直没什么收入，除了养活家里五个人以外，还要供玛丽上学。纯粹为了取乐，花上25美分，这是多么愚蠢的做法啊！

那天早上，妮莉没有带名片过来。刚走完一段又长又冷的路，妮莉坐在火炉边暖和手掌。大家围上前去，米妮问她名片带来了没有。

"天啊，我完全忘记了！"她说，"我想啊，看来要在手指上系上一根绳子，才能记起这件事儿。"米妮看了看玛丽·鲍尔和劳拉，那个神情似乎就在说："我老早告诉你们了，她是拿不出来的。"

那天中午，卡普又带了糖果过来。跟平常一样，坐在门边上的妮莉开始咕咕叫唤："噢，卡普！"就在她打算抢过糖袋子的一瞬间，劳拉一把抓走糖袋子，并在妮莉手前甩了甩，然后递给玛丽·鲍尔。妮莉惊讶得不知所措。

每个人都吓坏了，就连劳拉自己也不例外。然后，卡普的笑容爬上了脸颊，他感激地看了看劳拉，然后高兴地看向玛丽。

"谢谢你，"玛丽对他说，"我们会好好享用你送的糖果的。"说完她把糖果递给其他人，这时，卡普已经跑出去打球了。走之前，他还不忘回头看看大家，露出会心一笑。

"你也吃一颗吧，妮莉。"玛丽·鲍尔邀请她。

"那是当然！"妮莉挑走了最大的那一颗，"卡普的糖果确实不错，至于他嘛——呸！这个绿头怪就让给你吧！"

玛丽·鲍尔的脸唰地一下红了，但她没有回答。劳拉感觉自己的脸也红得像火焰。"如果你能追到他，想必也不会这般嫌弃吧？"她说道，"你一直都知道，他的糖果是带给玛丽吃的。"

"天啊，如果我愿意，一个手指头就能弄得他团团转。"妮莉开始吹嘘，"他算什么，我真正想结识的，是他的那个好朋友——怀尔德弟弟，听说他有个很好玩的名字，走着瞧吧！"她笑了笑，"总有一天，我要让他的摩根马载我一程。"

劳拉心想，她当然有这个能耐。奇怪的是，妮莉对怀尔德老师这么好，怎么怀尔德兄弟还不邀请她到马后坐坐呢？至于自己嘛，已经与这种好机会失之交臂了。

过了一个星期，玛丽·鲍尔的名片制作完成，她将名片带来学校。这些名片可真美丽！它们的主色调是淡绿色。每张名片上方都画了一只食米鸟，站在一根金色棒子上，摇摇晃晃唱着歌儿。卡片下方，工工整整地印着一行黑色文字：玛丽·鲍尔。她把名片发给米妮、艾达和劳拉，不过好朋友们都还没有名片可以交换。

那一天，妮莉也将名片带来学校。它们的主色调是淡黄色，上面印有一束蝴蝶花和两个花体字，写着"想念"。她的名字就像是手写上去似的。她拿出一张名片，与玛丽交换。

第二天，米妮说，她也打算去买点名片。她爸爸已经给她钱了，如果其他女生愿意跟着去，她们放学后就可以一起去买名片。虽然艾达去不了，但是这丝毫不影响她的快乐心情，"我不应该再浪费时间了。因为我是个养女，我必须赶紧回家，尽可能多地帮忙干家务。我不能要求得到名片。布朗爸爸是个牧师，他说名片这类东西华而不实。那么我欣赏你的名片就好啦，米妮，快去买回来吧！"

"她可真是个听话的孩子，不是吗？"艾达走后，玛丽·鲍尔说道。大家都不由地喜欢艾达。劳拉多么希望，自己能像艾达那般无欲无求，然而她不是。她十分想得到名片，甚至有点嫉妒玛丽·鲍尔和米妮。

在报社，霍普先生穿着满是墨水印子的围裙，从柜台取出名片样本，递给她们看。真是一张比一张好看。劳拉看见，妮莉的名片也在其中，心中一阵窃喜。这证明，她的卡片也是从这里买的。

这些名片的颜色淡淡的，十分可爱，有些还镶着金边。一共有六种花束可供选择，其中一束中间还有个鸟巢，边上站着两只鸟，上方写着"爱"这个醒目的大字。

"年轻男人才会选择这个款式。"霍普先生告诉她们，"只有年轻的小伙子，才有胆量在名片上印着'爱'字。"

"那是当然。"米妮嘀嘀咕咕，脸色涨红。

实在太难选择了，到最后霍普先生只好说："你们慢慢选，我先去印报纸。"

他先给模板涂上墨水，再放上几张白纸。夜色渐黑，台灯亮起，这时米妮才最终决定买浅蓝色的名片。因为待得太晚，她们都惭愧地跑回家。

劳拉跑进家，上气不接下气，这时爸爸正在洗手，妈妈正将晚饭端上桌。妈妈问："你去哪里了，劳拉？"

"很抱歉，妈妈。我只想待一小会儿的。"劳拉连忙道歉，告诉他们卡片趣事。当然，她不敢提及，自己也想要名片。爸爸说，杰克真是新潮，能

弄到这种新潮玩意儿。

"名片卖多少钱？"他问。劳拉回答说，最便宜的一打卖 25 美分。

睡觉时间到了，劳拉盯着墙壁，温习着 1812 年战争。爸爸卷起报纸，放在一旁，说："劳拉。"

"什么事，爸爸？"

"你是不是想要那些新奇的名片？"爸爸问道。

"我也在想这件事儿，查尔斯。"妈妈说。

"是的，我确实想要，"劳拉承认，"但是，我并不需要它们。"

爸爸的眼睛笑眯眯地露出了光芒，他从口袋里掏出几枚硬币，数出两个十分硬币和一枚五分硬币。"你也可以去买名片，丫头。"他说，"过来，这是给你的钱。"

劳拉犹豫不决。"您真的认为，我该拿这钱吗？我们还买得起名片吗？"她问道。

"劳拉！"妈妈说，"你是在怀疑爸爸做的决定吗？"劳拉很快转过弯来："噢，爸爸，不是的，谢谢！"

妈妈说："你是个好孩子，劳拉，我们希望你拥有其他同龄女孩的乐趣。明天早上上学前，如果你跑快点，还能到大街上订名片。"

那天夜晚，劳拉独自躺在空荡荡的床上，身边没有玛丽，她感觉格外的愧疚。她并不优秀，不像妈妈、玛丽和艾达·布朗那样好。此时此刻，她满心欢喜地期待拥有名片，不仅仅因为它们很美，还因为能跟可恶的妮莉·奥尔森打成平手，更因为自己也能与玛丽·鲍尔和米妮一起，拥有美好的事物。

霍普先生答应，星期三中午能把名片制作好。那一天，劳拉没什么心思吃午饭，妈妈不用她洗碗，所以她飞奔到报社，可算见到了心爱的名片！它们的主色调是淡粉色，上面印有一束粉色玫瑰花和蓝色矢车菊。下方纤细的字体清晰地印着：劳拉·伊丽莎白·英格斯。

几乎没有时间好好欣赏名片，劳拉立即上路，因为上学可不能迟到。她沿着第二大街长长的街区，匆匆行走在宽阔的人行道上。突然，一辆闪闪发光的小马车从她身边闪过，停靠在道路边。

劳拉抬头往上看，惊讶地发现是棕色摩根马。怀尔德年轻的弟弟就站在马车旁边，一手拿着帽子，一手伸向劳拉，"需要我载你去学校吗？会更快到噢。"

他接过劳拉的手，帮她跳上小马车，自己坐在她边上。劳拉快说不出话来，因为她太惊讶了，太害羞了，太开心了！自己终于有机会坐在摩根马身后，真令人兴奋不已！它们慢悠悠地在路上小跑，竖起耳朵，等候主人让它们疾驰的口号。

"我——我是劳拉·英格斯。"劳拉说。这可真是愚蠢的开场白啊。他当然知道自己是谁。

"我认识你的父亲，我知道你住进小镇有一段日子了。"他回答说，"我姐姐经常提起你。"

"多么美丽的马儿！它们叫什么名字？"她问道。其实劳拉一清二楚，不过就是想找点话题聊聊。

"这只是公主，那只是王子。"他告诉劳拉。

劳拉希望他能让马儿跑快点——跑到最快会是什么模样？然而，这样的请求并不礼貌。

她想，或许可以谈论天气，但是这个话题太老套。

她再也想不到有什么话好说了，过了这么久，他们才刚刚走完一个街区。

"我刚才去取名片了。"劳拉想都没想过，自己会冒出这句话。

"真的吗？"他说道，"我也有名片，不过它们是普通印制品，我的是从明尼苏达州带过来的。"

他从口袋里拿出一张名片，递给劳拉。他仅仅用一只手就能驾驭马车，瞧瞧那缰绳，仿佛在他戴手套的指间跳舞呢。这张卡片白得很朴素。上面用老式英语字写着：阿曼罗·詹姆斯·怀尔德。

"我的名字有点古怪。"他说。

劳拉竭尽脑汁，想说一点儿漂亮的话："这名字还真是不同寻常。"

"这是我的父母强加在我身上的。"他笑着说，"他们认为，家里必须有个阿曼罗。因为早在之前，怀尔德家族有人应征入伍，后来一个阿拉伯人救了他的命。那人的名字是艾尔·曼苏尔，没错。他们后来把这个名字改成英文，叫作阿曼罗，不过我觉得也没好到哪里去。"

"这是个很好玩的名字。"劳拉诚实地说道。

她确实这么想，却不知道拿着名片该怎么办。直接交还给他似乎很不礼貌，但是说不定他并不想送给自己呢？她把名片抓在手里，以便他能随时拿走。马队在第二大街拐弯。劳拉彷徨不安，如果他没有拿回卡片，自己是不是该给他一张名片？妮莉说，交换名片是礼貌的做法。

她把阿曼罗的名片稍微拿到他面前，好让他注意到。然而，他还是继续全神贯注地驾驶马车。

"你——你想拿回名片吗？"劳拉问。

"你想留就留下吧。"他回答说。

"你想要我的名片吗？"她从口袋里掏出一张名片，递给阿曼罗。

他接过名片，谢谢劳拉。"这真是一张美丽的名片！"他将名片放回口袋中。

马车进入校园，阿曼罗抓紧缰绳，一跃而下，摘下帽子，伸出手来，扶着劳拉走下马车。其实，劳拉并不需要帮助。她轻轻地跳到地上，戴手套的指尖几乎没有碰到他的手套。

"谢谢你载我一程。"她说。

"不客气。"他回答说。原来，他的头发并没有劳拉所想的那般黝黑，更接近于棕黑色。他的眼睛是深蓝色，即便他皮肤晒得很黑，眼睛却一点儿也不苍白。看上去，他做事稳重，值得信赖，相处起来令人特别的轻松自如。

"你好啊，怀尔德！"卡普·加兰德向他打招呼。阿曼罗一边驾驶马车，一边挥手告别。克利维特老师摇响上课铃，男生们一拥而入。

劳拉溜回座位时，艾达兴奋地捏了捏她的手臂，轻声地说道："噢，我真希望你能看看妮莉的脸！你坐马车进来时，她的脸可真臭啊！"

玛丽·鲍尔和米妮坐在过道对面，对劳拉微笑，妮莉则特地把头扭开了。

17. 联谊会

一个周六的下午，玛丽·鲍尔飞奔而来找劳拉，脸颊通红，兴奋不已。下个周五晚上，淑女互助会将在廷卡姆夫人的家具店内，举办十美分联谊会。

"你去我就去，劳拉。"玛丽·鲍尔说，"噢，请允许劳拉去，英格斯夫人，行吗？"

劳拉不想过问什么是十美分联谊会。即便她很喜欢玛丽·鲍尔，跟她站在一起，劳拉总觉得自己处于下风位置。玛丽·鲍尔的衣服是她爸爸精心剪裁的，既合身又漂亮。她剪了刘海，显得特别时髦。

妈妈说，劳拉可以去参加联谊会。直到现在她才知道，原来淑女互助会已经组织起来了。

事实上，爸爸和妈妈有点失望，因为本地牧师不是来自梅溪河畔的雷夫·奥尔登。雷夫·奥尔登一直想过来当牧师，教会也派他过来了。然而，他过来后发现雷夫·布朗已经自立为牧师。所以，可怜的雷夫·奥尔登只好到动荡的西部地区，做了一名传教士。

当然，爸爸和妈妈不会因此而对教堂失去兴趣，妈妈还是会在淑女互助会工作。然而，如果雷夫·奥尔登在此当牧师，情况可大有不同啊。

这一周，劳拉和玛丽·鲍尔满心期待着联谊会的到来。因为需要花上十美分，米妮和艾达怀疑自己不能攒够钱去参加联谊会，而妮莉说自己对联谊会一点儿兴趣也没有。

对劳拉和玛丽·鲍尔而言，周五这一天可真漫长啊！她们迫不及待地等待夜晚的到来。那天晚上，劳拉没有脱下上学穿的衣服，而是直接在外面套上了一条长长的围裙，在下巴处打了个结。今天的晚饭吃得早，所以一洗完碗碟，劳拉就准备前往参加联谊会。

妈妈小心翼翼地帮她打理裙子。这是一件棕色羊绒公主裙。衣领是条又高又紧的带子，紧紧贴在劳拉的下巴。衬裙垂落，刚好盖住高筒靴的鞋面。这是一条非常美丽的裙子，手腕处和衣领处系有红色小花边。衣服前方带有棕色牛角纽扣，每颗纽扣中心都刻有一栋竖起的城堡。

站在前厅的镜子前面，借着台灯的光，劳拉小心地梳好头发，扎上辫子。她把头发盘在头顶，又不满意地放了下来。无论她怎么弄，头发看起来就是不太合她的心意。

"噢，妈妈，我真希望您能允许我剪个刘海。"她几乎以哀求的口气说道，"玛丽·鲍尔的刘海看起来很时髦。"

"你的头发本来就很美。"妈妈说，"玛丽·鲍尔确实是个好女孩，但我认为那种新发型让她看上去就像一个'狂热分子'。"

"你的头发很漂亮，劳拉。"凯莉安慰她说，"是漂亮的棕色，又长又密，在灯光下闪闪发亮。"

劳拉依然不满意镜子中的自己。她灵机一动，想起额前的短发平时都是梳上去的，所以没有刘海，如果把额前的短发梳下来，它们可不就是稀薄的小刘海了嘛？

"噢，妈妈，求您了。"她恳求道，"我不会把刘海剪得像玛丽·鲍尔的那么厚，请允许我剪短一点点儿，这样我就能把它弄卷，盘在额头上了。"

"那好吧！"妈妈终于同意了。

劳拉从妈妈的工具袋里取出一把剪刀，站在镜子前面，将额前的头发剪

成一小条刘海，长度大约为两英寸。然后，她抓住石板笔一头，把另一头放在加热器上加热，将剪短的发丝紧紧地缠绕在石板笔发烫的那一端，最终卷完了所有的刘海。

至于其他的头发，她全部梳到后面扎成辫子，再将长辫子一圈一圈地绕在后脑勺上，紧紧地盘好。

"回过头来，让我好好瞧瞧你。"妈妈说。

劳拉回头："您喜欢吗，妈妈？"

"看起来真不错。"妈妈也承认，"不过，我还是喜欢你以前的头发。"

"转过这边来，让我也看看。"爸爸说完，打量她足足一分钟，而后笑眯眯地说，"如果你铁心要做'狂热分子'，那你是相当成功啊。"爸爸说完回头继续看报纸。

"我觉得很美丽，你看起来特别漂亮。"凯莉温柔地说道。

劳拉穿上棕色外套，戴上棕色羊绒蓝边尖顶帽。这顶帽子的棕色羊绒和蓝色里衬都缝上了锯齿状的花边。劳拉将帽子的两条长带子绕在脖子上，看上去像一条围巾。

她再次打量镜子里的自己。她的脸颊兴奋得通红，帽子的蓝边下藏着时髦的刘海，显得眼睛特别湛蓝。

妈妈给了她十美分，说："好好玩去吧，劳拉。我相信你，记得有礼有节。"

爸爸问："我是不是要送她到联谊会地点的门口呢，卡罗莱？"

"不用。天色还早，路程不远，穿过马路就到了。她还能和玛丽·鲍尔做伴，我们不用担心。"妈妈回答说。

劳拉走出家门，进入朦胧的夜色中，头顶繁星闪烁。她心跳加速，充满期待。空气凛冽，她每呼出一口气，就形成一团白雾。五金店和药店的灯光在人行道上留下一块块金色的补丁。黑漆漆的家具店楼上，两扇窗户闪闪发亮。玛丽·鲍尔走出裁缝店，与劳拉一起爬上裁缝店和家具店中间的户外楼梯。

玛丽·鲍尔敲敲门，廷卡姆夫人来开门。她身形瘦小，穿着黑色长裙，衣领和袖口都镶着一圈白色的蕾丝褶皱花边。她道过一声"晚安"，便收下了玛丽·鲍尔和劳拉的十美分，然后说："请跟我来，我带你们去脱下外套。"

过去的整整一个星期，劳拉都迫不及待地想见识什么是联谊会。如今，她就站在这里。一些人坐在敞亮的大厅上。她感觉有点害羞，就匆匆地跟在廷卡姆夫人身后，走过人群，进入一个小卧室。她和玛丽·鲍尔脱下外套，摘下帽子，放在床上，然后悄悄溜进大厅，在椅子上坐了下来。

约翰逊先生和夫人各坐在窗户的两侧。窗户上方挂着点子花薄纱窗帘，窗户前方放着一张打磨光滑的桌子，桌子上放着一盏大大的玻璃灯。它的灯罩是白色陶瓷质地，上面印有红色玫瑰图案。台灯旁边放着一本绿色毛绒相册。

地板上满铺着一张艳丽的花瓣地毯。中央放着一个高大闪光的暖炉，暖炉窗由明胶制成。四面墙角整齐地摆放着光亮的木椅。伍德沃斯先生和夫人坐在一张沙发上。这张沙发的木质高背和扶手都擦得锃亮，黑色马鬃布坐垫也是华丽耀眼。

仅仅是木板墙和劳拉家里的有几分相似，不过这儿的墙上都密密麻麻地挂着图片，上面画着劳拉从未见过的人物和风景。有些相框宽大厚重，镶有金边。这一点儿也不让人稀奇，因为廷卡姆先生拥有一间家具店。

卡普·加兰德的姐姐弗洛伦丝和她的妈妈加兰德太太也在这里。还有比亚兹利夫人，以及药剂师布兰德利的夫人。她们都盛装出席，却甚少言语。玛丽·鲍尔和劳拉也不说话，因为实在不知道该说些什么。

一阵敲门声响起，廷卡姆夫人急忙跑去开门，原来是雷夫·布朗牧师和他的夫人。布朗牧师操着浓浓的口音，跟大厅里的每个人打招呼。然后跟廷卡姆夫人谈论他在马萨诸塞州的家。

"那个地方可完全不像这里啊。"他说，"不过我们都是初来乍到的异乡人。"

虽然不喜欢他，劳拉还是对他颇有几分兴趣。爸爸说，这人自称是奥萨瓦托米区约翰·布朗的表兄。约翰在堪萨斯州杀了很多人，挑起了独立战争。雷夫·布朗的模样看上去就像劳拉历史书上的约翰·布朗。

他的脸颊庞大而多骨。蓬松的白色眉毛下方藏着一双深沉的眼睛。即便在开口大笑时，他的眼神也依然既火辣又凶狠。他身材魁梧，穿着一件松垮垮的外套。袖子底下的双手非常庞大，关节突出，十分粗糙。他看上去不修边幅，嘴巴周围又长又白的胡子脏兮兮的，上面沾着黄色的液体，就像滴下来的烟草汁一样。

他滔滔不绝。自从他进来之后，其他人也陆陆续续地开始说话，只玛丽·鲍尔和劳拉除外。她们正襟危坐，偶尔动一动身子。过了好久，廷卡姆夫人才从厨房端来点心盘子，每个盘子上方都放着一小块奶油冻和一片蛋糕。

劳拉吃完蛋糕后，对玛丽·鲍尔嘀咕说："我们回家吧！"玛丽说，"正好，我也想回家了。"于是，她们把空盘子放在最近的一张小桌子上，穿上外套，戴上帽子，向廷卡姆夫人道别。

再次回到大街，劳拉深深地吸了口气："哟！这就是联谊会啊，我真的不太喜欢。"

"我也是。"玛丽·鲍尔同意劳拉的看法，"早知道就不过去了，我还情愿留着那十美分呢。"

看见劳拉这么早回家，爸爸和妈妈都惊讶极了。凯莉迫切地问道："你玩得开心吗，劳拉？"

"不，我并不开心。"劳拉承认说，"妈妈，应该是您去，而不是我去。玛丽·鲍尔和我是那里仅有的女孩子。我们找不到人说话。"

"这还只是第一次联谊会，"妈妈找了个理由，"等人们熟悉起来后，联谊就会有趣多了。我从《先进报》中了解到，教会举办的这种联谊会都是趣味无穷的。"

18. 文学之夜

　　圣诞节即将到来，天空还是不见下雪。今年冬天，一场暴风雪都没有。早上，冰冷的地面上覆盖了一层毛茸茸的白霜，太阳一升起便消失不见。劳拉和凯莉去上学时，只能在人行道下方和商店阴影处看见一点点冻霜。寒风凛冽，冻伤了姐妹俩的小鼻子，冻僵了她们戴着手套的小手。两人把自己包裹在围巾里面，不怎么想交流。

　　寒风呼啸，太阳显得特别的娇小。偌大的天空上，一只鸟儿的影子也没见着。无尽的原野上，青草枯萎，一片荒凉。学校看起来既古老暗沉，又充满倦意。

　　似乎冬天永远不会到来，永远也不会结束。除了上课下课、上学放学，日子平淡无奇。明天还是会跟今天一样。劳拉感觉，在自己的整个生命中，除了学习和教书，不会再发生其他事情。玛丽不在家，圣诞节也过得不像圣诞节了。

　　劳拉心想，那本诗集一定还藏在妈妈的衣柜抽屉里面。每次劳拉经过妈妈房间，看到楼梯顶部的衣橱时，她总会情不自禁地想起那本书，以及那首未读完的诗歌："'鼓起勇气吧！'他指向那片土地，'这个大浪会将我们卷向岸边。'"然而，时间一久，再新鲜的事物也变得平淡无奇，甚至陈腐乏味。如今，即使是圣诞节的读诗活动也不再是一件令人期待的事情。

又是一个周五的晚上，劳拉和凯莉照常洗好碗碟，在灯光明亮的桌子上摊开书本，开始学习。爸爸坐在椅子上看报纸，妈妈坐在摇摇椅上缝缝补补。跟平常一样，劳拉打开了历史书。

突然，她再也忍受不了这一切了，于是狠狠地往后蹬了蹬椅子，"啪"的一声合上书本，重重地扔到桌子上。爸爸和妈妈惊讶地看着她。

"我不管！"她大喊，"我不想读书！我不想学习！我不想教书！永远也不想！"

妈妈的表情异常的严肃。"劳拉，"她说，"我知道你不会骂天骂地，但是发脾气和扔东西跟说脏话骂人有什么不同？不许再这样！"

劳拉没有回应。

"你怎么了，劳拉？"爸爸问，"你为什么不想读书，不想教书？"

"噢，我也不知道！"劳拉绝望地说，"我厌倦了所有事物，我想——我想发生点特别的事情。我想去西部，我想痛痛快快地玩。不过我也知道自己老大不小了，不能再贪玩了。"她快急哭了，她以前可从未感觉过如此的沮丧。

"啊，劳拉！"妈妈喊道。

"没关系，"爸爸安慰她说，"你只是学习太辛苦了，没别的事情。"

"是啊，今晚把书收起来吧。"妈妈说，"《青年指南》中，还有一些文章我们没有读过。你可以读一些给我们听，劳拉，这样好不好？"

"好的，妈妈。"劳拉无助地回答道。即便是读故事，也不能使劳拉开心起来。这不是她想要的，她不知道自己要什么。即便她知道自己想要的生活是怎样的，也无法得到。她拿起《青年指南》，将椅子拉回桌子边。"你来选故事吧，凯莉。"她说道。

劳拉耐着性子，大声地朗读起来。凯莉和格蕾丝瞪大双眼，认真聆听。妈妈的摇摇椅前后晃动，手里的针头咔咔作响。爸爸则去了大街对面的富勒五金店，与一群熟人围在火炉边闲聊。

突然，大门打开，爸爸跑进来，说："快戴上帽子，卡罗莱，女儿们！学校要举行一场会议！"

"什么？"妈妈说。

"每个人都去！"爸爸说，"我们打算举办文学之夜。"

妈妈放下手头的毛线活儿，说："劳拉和凯莉，你们快去穿外套，我来给格蕾丝穿衣服。"

大家很快准备就绪，跟在爸爸的灯笼后面走向学校。妈妈吹灭台灯后，爸爸将台灯提了起来。"我们还是将台灯带到学校吧，大家都希望学校亮堂一点儿。"他解释说。

主街上，许多灯笼上下晃动，蹦蹦跳跳地进入黑暗的第二大街。爸爸呼喊着走在前方的克利维特先生，他手里有学校的钥匙。点点灯光之下，课桌看起来不同寻常。其他人也带了台灯过来。克利维特先生点亮了讲台上的一盏大台灯。杰拉尔德·富勒将一根铁钉钉在墙上，挂起一只带有锡制反光片的台灯。他和其他店主一样，都放下生意过来开会。小镇里的每个人几乎都到齐了。爸爸的台灯可真明亮，整间教室的光线更加充足了。

座位上坐满了人，男人们密密麻麻地挤在教室后方。克利维特先生让大家安静下来，他说此次会议的目的是要举办文学之夜。

"第一项议程，"他说，"我们先进行成员登记。首先是临时主席的提名。之后，由临时主席负责主持，我们继续提名并投票产生永久性成员。"

每个人都往后仰了仰身子，感觉不怎么好玩了。然而谁会当选主席？这是个有趣的问题。爸爸从座位上站起来说："克利维特先生和乡亲们，我们来此的目的，是为了从平凡的生活中寻找一些欢乐。至于组织和管理这一套东西，似乎没有多大的必要。"

"在我看来，"爸爸继续说道，"组织的问题在于，人们很快只会关注组织本身，而忽略了我们成立组织的目的。我相信，大家聚集在此，都明确知道我们想要什么。如果我们开始有板有眼地成立一个组织，开始选举和投票，我们可能对于当选人本身就存在诸多异议。所以我提议，我们直接跳过这个环节，做我们想做的事情吧，不需要什么管理人员。我们有克利维特老师，他可以充当我们的带头人。由他来安排文学之夜每天的内容，确定下次聚会的主题。任何有好想法的人都可以踊跃发言，受到安排的人将尽心尽力，为文学活动好好做准备，给大家带来欢乐时光。"

"说得没错，英格斯！"克兰西先生大喊。爸爸坐下来，许多人开始鼓掌。克利维特先生说："同意的请说'好'。"教室里传来一阵响亮的赞同声，大家一致同意爸爸的发言。

而后，大家都不知道下一步该怎么做。克利维特先生说："我们这次聚会，还没有安排活动呢。"有人说："这可不行，我们还不想回家！"理发师建议唱歌。有人说："你的学生能不能出来朗诵诗歌给大家听？这个主意怎么样，克利维特？"又有人说："举行拼字比赛如何？"其他几个人都应声附和："好主意！""这主意不错！我们就进行拼字比赛吧！"

克利维特先生安排爸爸和杰拉尔德·富勒先生担任队长，各自带领一支队伍。当两人站在教室前方各一角，开始喊起名字组织队伍时，教室里欢笑声连连。

劳拉焦急不安地坐着等待，什么时候能叫到自己的名字呢？毫无疑问，首先挑选的是成年人。只见他们一个个地走到讲台前，讲台前的两支队伍越来越长。劳拉担心，杰拉尔德先生·富勒先生会先于爸爸喊自己上台。然而，她并不想站在富勒先生的队伍里，与爸爸对着干。最后，经过一阵漫长的等待，爸爸又开始选人了。尽管他的玩笑令大家捧腹，劳拉还是察觉到了他的犹豫。"劳拉·英格斯！"爸爸做了最后的决定。

劳拉匆匆跑上去，站在爸爸的队伍末尾。妈妈早就在队伍里面了，她站在前头。又轮到杰拉尔德·富勒先生选人了，他喊道："福斯特！"这可是最后一位成年人。福斯特先生站在劳拉对面的位置上。或许爸爸应该选择福斯特先生，因为他是个成年人，然而爸爸更想要劳拉。劳拉心想，福斯特先生当然算不上是个拼字能手。他是个赶牛人，拥有几分自耕田。去年冬天还愚蠢地跳下了阿曼罗·怀尔德的公主马。不仅如此，他还在射程之外朝着羚羊群开火，吓得马儿飞驰离群。

很快，所有学生都陆续被挑选出来，归入两支队伍，连最小的小学生都找到了自己的组织。沿着讲台，两支队伍沿墙而站，一直排到门边。克利维特先生打开拼字课本。

首先，他念出了初级词汇："FOE、LOW、WOE、ROE、ROW、HERO"然后，他瞧见巴克利先生犹豫不决地说道："HERO，H—E—HE—R—O—R—RO—HERO？"教室里一阵哄笑，这可着实吓坏了他。巴克利先生自己也尴尬地笑了笑，回到台下的座位上，第一个被淘汰。

渐渐地，随着字母长度的增加，越来越多的人失败下台。开始，杰拉尔德·富勒先生的队伍比较短，而后爸爸的队伍更短。你长我短，你短我长，逗得每个人都兴奋地哈哈大笑。劳拉玩得正开心，因为她喜欢拼字。轮到她时，她站在有裂缝的地板上，双手背在身后，正确无误地拼出了所有的单词。对方队伍又有四人败下阵，爸爸的队伍有三人败下阵，紧接着又到了劳拉。她深深地吸了口气，流利地拼了出来，"DIFFERENTIATION:D—I—F—F—E—R—E—N—T—I—A—T—I—O—N!"

随着时间的推移，台下坐满了笑得上气不接下气的乡亲们，他们都因为拼错单词被赶出了队伍。杰拉尔德·富勒的队伍还有六个人，爸爸这边有五个人：爸爸、妈妈、弗洛伦丝·加兰德、本·伍德沃斯和劳拉。

"REPETITIOUS。"克利维特先生又开始出题了，敌方队伍一人被淘汰，双方人数持平。妈妈语气温柔地拼道："REPETITIOUS:R—E—P—E—T—I—T—I—O—U—S!"

"MIMOSACEOUS。"克利维特先生刚说完，杰拉尔德·富勒拼道："MIMOSACEOUS:M—I—M—O—S—A—S—A—T—"他看看克利维特先生，"S—I—"而后摇摇头，"不行了，我真的拼不出来。"他失望地跑下台，回到座位上。

"MIMOSACEOUS，"弗洛伦丝·加兰德拼道，"M—I—M—O—S—A—C—T—E—"她可是曾经当过学校老师的人啊，连她也拼不出来了。

杰拉尔德·富勒先生的队伍又一位成员失败了，爸爸这边的本·伍德沃斯摇摇头，拼都没拼就缴械投降了。劳拉挺直身板，等待脱口而出的时机。对方队伍中，站在最前面的福斯特先生说："MIMOSACEOUS:M—I—M—O—S—A—C—E—O—U—S。"

台下掌声轰鸣，有人大喊："好样的，福斯特！"福斯特先生脱下厚厚的夹克，露出格子衬衫。他腼腆地笑着，眼睛闪烁着明亮的光芒。没人猜得到，他竟然是个这么优秀的拼字高手。

比赛的节奏越来越快，测试的单词越来越难，就连拼读课本最后面的高级单词都被找了出来。对方队伍里，只剩下福斯特先生了。妈妈也被淘汰了，队伍里只剩下爸爸和劳拉。双方对抗开始。

三人小心翼翼，生怕拼错一个单词。教室里一片安静，紧张得令人窒息。爸爸拼完福斯特先生拼，福斯特先生拼完劳拉拼，劳拉拼完爸爸拼。福斯特先生以一敌二，似乎也应付得过来。

"XANTHOPHYLL。"克利维特先生出题，这会儿轮到劳拉。

"XANTHOPHYLL。"劳拉惊讶地发现，自己糊涂了。她闭上双眼，她似乎曾经在拼读课本的最后一页看到过这个单词，可就是想不起来。她感觉自己似乎已经站了很长的一段时间，四周一片恐怖的沉默，还有许多虎视眈眈的眼睛。

"XANTHOPHYLL，"她绝望极了，迅速拼写道，"X—A—N—T—H—

O——Z——A——N——T——H——O——P——H——"她突然想到，"GRECOPHIL——IL?"
克利维特先生摇摇头。

劳拉浑身颤抖，回到座位上。现在只剩下爸爸一个人了。

福斯特先生清清喉咙，"XANTHOPHYLL：X——A——N——T——H——O——P——H——
Y——"全部人屏住呼吸，福斯特先生说："L！"

克利维特先生在等待，福斯特先生也在等待，似乎这种等待永无终结。
最终，福斯特先生说："不对啊，那看来我是输了！"他失望地回到座位上。
大家还是为他鼓掌，坚持到现在可不容易啊。尽管输掉了比赛，他赢得了所
有人的尊重。

"XANTHOPHYLL。"最终轮到了爸爸。到如今，似乎没有人能够拼
出这个可怕的单词来。然而，劳拉心想：爸爸一定可以，他必须可以！他一
定能行！

"X——A——N——T——H——O——P——H——Y——"他拼得非常慢，还是这只是大家
的错觉呢？最后他说道："L——L！"

克利维特先生合上拼读课本，台下掌声如雷贯耳。爸爸打败了镇子里的
所有人，赢得了比赛的胜利。

最后，大家情绪高涨，趁着热乎劲儿穿上外套。

"我都忘了，上次这么快乐是什么时候的事情了！"布兰德利夫人对妈
妈说。

"最美妙的是，我们下周五又能碰面了。"加兰德夫人说。

人群喧嚣，灯笼跃动，蹦蹦跳跳地涌向主大街。

"你现在感觉好点了吗，劳拉？"爸爸问道。她回答说："噢，当然！
我们都过得很愉快，不是吗？"

19. 寻欢作乐

如今，每个周五晚上都令人期待。第二个文学之夜过后，人们争先恐后地参加比赛，竞争气氛越来越浓厚，几乎每天都能传来新闻。

第二个文学之夜的活动是玩字谜游戏，爸爸获得了最终的胜利。没有人可以猜出他的字谜来。

他穿着平常的衣服，独自上台表演。沿着中间的过道，他走到台上，手拿两个小土豆，插在身前的斧刃上。这就是他全部的表演。

他转动双眼，逗人笑，再给出暗示。"这与《圣经》有关，"他说，"这是你们每个人都知道的东西噢。"他继续说："这是你们经常查阅的事物噢。"他甚至还提醒大家说："这对于了解圣保罗可大有益处噢。"然后，他开始逗笑台下的人："不要告诉我，你们全都放弃啦！"

最后，还是没有人答得出来。劳拉感觉十分骄傲十分开心。最后，爸爸告诉他们："这是《使徒行传》的解说者啊！"

答案一出，台下的掌声和欢呼声四起。

回家路上，劳拉听见布兰德利先生说："我们也要想想法子，好好灭一灭英格斯的威风！"杰拉尔德·富勒先生用独特的英语口音说："我说啊，要不咱们就举办一次音乐盛典，瞧瞧谁的本事比较大，你觉得如何？"

接下来的周五晚上，音乐飘进了文学殿堂。爸爸拿着小提琴，杰拉尔德·富勒拿着手风琴。两人配合默契，人们似乎都陶醉在这天籁之音中。只要他们停止演奏，台下的人都会拼命鼓掌，高呼再来一首。

以前，在寂静的夜晚人们似乎不可能寻欢作乐！如今，整个小镇都被唤醒，人们驱车从地里赶过来参加文学之夜。大家大展身手，策划举办超级音乐之夜。他们认真练习，甚至还借来了布兰德利夫人的管风琴。

周五晚上，他们小心翼翼地用毛毯和马毯包裹好管风琴，抬到福斯特先生的牛车上，慢慢地拉到学校。这真是一架美丽的管风琴，木色身体色泽发亮，脚下的踏板覆盖着毛毯。

移开讲台，放上管风琴。克利维特先生在黑板上写出了当晚要表演的节目。今晚还真是热闹，不仅有管风琴表演、爸爸的小提琴表演，还有四重唱、二重唱和独奏。布兰德利夫人唱着：

回头吧回头，

时间匆匆飞过，

让我回到童年吧！

只为了这一个美好的夜晚。

劳拉几乎忍受不了这种悲伤的情绪。她的喉咙哽咽，隐隐作痛。眼泪在妈妈的眼眶中打转，还没等到她用手帕接住，就掉了下来。女人们擦着眼泪，男人们也忍不住清清喉咙，擤擤鼻涕。

大家都说，没有什么节目能比得上音乐之夜了。可是，爸爸却神秘地说："你们就等着瞧吧！"

人们似乎还不够尽兴。教堂屋顶搭建完以后，人们每周日都做两次礼拜，还上起了主日学校。

这座教堂真漂亮！尽管崭新，但它看起来依然非常粗糙。钟楼内无钟，

板墙也未完工。屋外未涂灰，屋内木板和梁柱光秃秃的。讲道坛和长板凳保留着粗糙的原木样子，散发着新鲜的清木气息。

教堂外设有小入口，大小刚好，方便人们进入教堂之前，在此拍打靴子和鞋子上面的雪，整理被风吹乱的衣服。煤炉加热器源源不断地输送热量，人头涌动，教堂里十分温暖。布兰德利夫人借出管风琴，为教堂带来风琴音乐大合唱。

就连劳拉也开始享受布朗牧师的布道了。事实上，对劳拉而言，他所讲的话一点儿意义也没有，然而他看起来就像历史书里的约翰·布朗，活生生的。他瞪大双眼，张开嘴巴，白色胡须上下晃动。他那双大手时而挥舞，时而乱抓，时而握紧，一拳头捶打在讲道台上，而后在空中乱舞。劳拉也自娱自乐，将牧师说过的话在脑子里过滤，换换位置，增强语法。她无须记住训诫的内容，因为在家里，爸爸只要求她和凯莉正确地背出《圣经》原文就行。训诫过后，大家又开始高歌。

在所有赞美诗中，就数第十八圣歌最好听。随着管风琴的乐符跳动，人们都慷慨激昂地唱起赞美诗来：

> 手牵手来，一起前进，
> 穿过沙漠狂风，越过陌生土地，
> 坚定信念，永不放弃，
> 高唱朝圣之歌，寻求上帝之路。

全体人放声高歌，声音盖过管风琴。

> 这是老好路子，它上头有先辈的足迹，
> 这是生活方式，它指引我们走向上帝。

　　这是生命之路，我们由此走向主日圣地，

　　这是上帝之路，我们由此回到温暖家里。

　　有主日学校，有教堂朝拜，有美味午饭，有夜晚小聚，每个周日都飞逝而过。周一上学后，大家又开始满心期待周五文学之夜的到来。周六过得特别快，大家都在谈论文学之夜的事情。时间一晃而过，转眼又到了周日。

　　似乎这些活动还满足不了人们，淑女互助会打算举办一场感恩节庆典，为教堂筹备资金。这是一场令人满心期待的新英格兰晚宴。

　　放学后，劳拉从学校飞奔回家，帮助妈妈将南瓜切片削块炖熟。这个南瓜是爸爸夏天时采摘回家的。妈妈在仔细地采摘并清洗小白蚕豆，小白蚕豆足足有一夸克这么重。妈妈打算制作一只超级大的南瓜派，外加一大盘烤豆子，带到新英格兰晚宴上与大家分享。

　　感恩节不用上学，没有午饭。这真是奇怪而空白的一天，大家都盯着南瓜派和豆子看，焦急不安地等待夜晚的到来。那天下午，借着白光，她们轮流在厨房的洗涤盆内洗澡。在大白天，尤其是在周四洗澡，可真是奇怪！

　　劳拉仔细地清洗上学时穿的衣服，洗漱头发，编好辫子，卷好刘海。妈妈穿上了第二好的衣服，爸爸修剪好胡须，穿上了礼拜西服。

　　傍晚时分，屋内台灯亮起，大家都饥肠辘辘，期待晚宴快点开始。妈妈用棕色纸袋子和围巾包裹一大盆烤豆子，以免热量散失。劳拉帮助格蕾丝穿好外套后，匆匆穿上自己的衣服，戴好帽子。爸爸拿豆子，妈妈双手捧着一只大大的南瓜派。它装在巨大的方形锡盘内，平常烤面包时才用得上这个盘子。劳拉和凯莉合力抬着一篮子碗盘，格蕾丝牵着劳拉的另一只手。

　　刚走过富勒商店的侧面，他们就远远地看见空地后面的教堂灯火通明，教堂周围停满了马车、马队和带鞍座的马驹，人们纷纷从光线暗淡的入口进入教堂。

教堂的内墙上，壁灯柔和地散发光芒。玻璃碗上装满煤油，玻璃小烟囱背后装有锡片，灯光一照，更加耀眼。所有的长凳靠墙放置，教堂中间摆放着两张长长的桌子，上面盖有白布，晶莹发亮。

"噢，快看！"凯莉大喊。

劳拉惊呆了，她静静地站在原地，驻足观看。就连爸爸和妈妈也停下了脚步。尽管他们已经成年，不能再流露出惊讶的表情，可他们还是差点就没忍住。所以，尽管劳拉内心十分激动，她也只是看了看，劝格蕾丝安静下来。

在大厅其中一张桌子的正中间，站着一只烤得金黄的猪，它的嘴里还含着一只漂亮的红苹果。

烤猪的香味远远盖过了其他美味之香。

长这么大，劳拉和凯莉还从未见过这么多的食物。桌子上摆满各式各样的美味，有满满的土豆泥和萝卜泥，以及黄色榨泥。这些榨泥堆成一座小山，山顶上有洞，洞里融化的黄油沿着黄色的榨泥往下淌。桌上还放有一大碗干玉米，那是将玉米泡软后用奶油煮熟晾干而成的洞里。有几个大盘子装满了黄金玉米方包、白面面包和坚果全麦面包，堆得像座小山。腌黄瓜、腌甜菜和腌绿番茄，味道美得无以言喻。高高的玻璃碗里装满红色番茄酱和野樱果冻。每张桌子上都摆放着一只又长又宽又厚的鸡肉派，薄而酥脆的饼皮裂开一条条小细缝，白白的热气便冒了出来。

最令人叹为观止的是那头烤猪。它栩栩如生地站在桌子上，由短木棍支撑着，它下方的大盘子里装满烤苹果，闻起来可真香啊！最美妙的是，它那丰富的、流油的、酥脆的肉香赛过了其他任何美味。劳拉已经很久没有闻过这般香甜的滋味。

人们已经坐在餐桌前，吃完一盘又一盘的美食，美食传来又传去，他们吃饭谈话两不误。那香滑的烤猪肉，热气腾腾，内里细嫩，外在金黄，转眼间已经被人们吃掉了一半。

"这里一共有多少斤猪肉？"劳拉听见一个男人问道，此时他正把盘子递回去，想要多来点烤猪肉。切猪肉那人切下一大块肉，回答说："说不准，加上配料应该有四十磅。"

餐桌上坐满了人，一块空地都没有。廷卡姆夫人和布兰德利夫人在椅子后面忙上忙下，匆匆为人们满上茶水或咖啡。还有一些妇女帮助清理用过的碗碟，并换上干净的盘子。一旦有人吃饱离席，很快就有其他人坐下。尽管晚饭需花费 50 美分，这儿依然座无虚席。教堂内已经坐满了人，大门口还有更多的人源源不断地涌进来。

劳拉感觉很新奇，仿佛迷失在热闹的人群中，不知所措。直到，她看见艾达在餐桌一角忙着洗盘子，见到妈妈在帮忙照顾进餐，劳拉才开始帮助艾达洗碗。

"你没带围裙过来吗？"艾达问道，"那就别上这条毛巾吧，这样才不会溅湿你的裙子。"作为牧师的女儿，艾达已经习惯了教堂的工作。她袖子挽起，围着一件大围裙，有说有笑，洗碗神速。劳拉则迅速接过洗完的碟子，用抹布擦干净。

"噢，多么美味的晚宴！"艾达开心地说，"你有没有想过，我们能邀请到这么多的人！"

"完全没有。"劳拉回答说。她偷偷地问艾达，"有东西留给我们吃吗？"

"噢，当然有啊！"艾达自信满满，她悄悄地说，"布朗妈妈有先见之明。她总是会悄悄留下几块最好吃的馅饼，以及一大块蛋糕。"

劳拉并不在意水果派和蛋糕，但是她心里确实希望，等到自己用餐时，长餐桌上还有烤猪肉剩下来。

有人离开了，爸爸为凯莉、格蕾丝和自己找到了位置。劳拉瞥见他们用餐时的愉悦表情，便继续擦碗碟去了。这一头，碗碟杯子刚擦好，就被端上了餐桌。那一头，脏兮兮的碗碟堆积在洗碗盆旁，而且越来越多。清洗的速度远远赶不上使用的速度。

"我们真的需要帮助。"艾达兴致勃勃地说。没人预料到会有这么多的人过来。和大多数妇女一样，妈妈可谓是飞来飞去。劳拉专心致志地擦碗碟。尽管越来越饿，但她不会留下艾达一个人。她感觉越来越失望，什么好东西都吃不到了。

过了很长时间，人们终于陆陆续续地离开餐桌了。到最后，只剩下饥肠辘辘的淑女互助会成员、艾达和劳拉。她们重新洗好并擦干盘子、杯子、刀叉和调羹，重新摆好一张桌子，舒舒服服地坐了下来。烤猪已经变成一堆骨头，不过劳拉还是很开心，因为上面还剩下不少猪肉，盘子里还有一些鸡肉派。布朗夫人还取出了悄悄藏起来的蛋糕和馅饼。

劳拉和艾达停下来休息并吃饭，其他妇女们都在夸奖彼此的厨艺，感慨这次晚宴举办得真成功。围墙边的长凳上坐满了说话的人，而男人们则待在角落里或围在火炉边聊天。

最后，餐桌终于清理一空。劳拉和艾达再次冲洗并擦干碗碟，交给妇女们分类放回篮子里，并将吃剩的食物打包收起来。妈妈的厨艺真棒，南瓜派和烤豆子一点儿不剩。艾达洗干净烤盘和牛奶盘，交给劳拉擦干净，妈妈将它们装回篮子里。

布兰德利夫人弹起管风琴，爸爸和其他人跟着唱起歌儿来。然而格蕾丝睡着了，所以回家时间也到了。

"我知道你辛苦了，卡罗莱。"爸爸将格蕾丝抱在怀里，妈妈点起灯笼照亮回家的路。劳拉和凯莉抬着碗碟盘子跟在他们身后，"不过话说回来，你们的淑女互助会可真能干啊！"

"我确实好累。"妈妈回答说。她声音温柔却略带小情绪，"这还不是互助会活动，只不过是新英格兰晚宴。"

爸爸不再多说。进家门时，时钟刚好敲了十一下。明天又是上学的日子。

时光匆匆而过，转眼明晚又是周五的文学之夜。

这个晚上将举行辩论比赛，题目为"林肯是否比华盛顿伟大"。劳拉期待听到辩词，因为巴恩斯律师带领正方参加辩论，他的辩词一定很有说服力。

"这会是一场极具教育意义的辩论。"劳拉对妈妈说道，此时母女俩正匆匆准备出门。其实，劳拉心里也有自己的观点，因为她清楚，自己必须抓住每个学习的机会。那个星期，她整整两个晚上没有念书。不过，圣诞节前后会放假几天，旧学期与新学期之间假期她可以拿来念书，补课。

全家人已经给玛丽寄送了圣诞礼盒。盒子里有妈妈小心翼翼放进去的一条头巾，这是劳拉用柔软的羊毛编织而成的，洁白无比，正如窗外悄悄飘落的雪花。妈妈还放进一条用上好针线缝成的蕾丝衣领。此外还有六条手帕，这是凯莉用细麻缝制而成的。其中三条手帕都缝了窄窄的蕾丝花边，另外三条只是用手工简单地缝上了一层白边。格蕾丝还不会制作圣诞礼物，但是她用自己存下来的钱买了半码长的蓝丝带。妈妈用它为玛丽制作了一个蝴蝶结，可以用来别在白色蕾丝衣领上方。最后，全家写了一封长长的圣诞信。爸爸还在信封里放了 5 美元。

"这些钱足够她用来购买些自己想要的小东西了。"爸爸说。玛丽的老师曾经来信，高度表扬了玛丽的作风。那封信还提到，如果玛丽可以购买珠子，她就能将珠球刺绣寄回家。玛丽还需要买一种特殊的写字板，上面可以写盲文，眼睛看不见的人用手一摸，就能知道上面写了什么内容。

"玛丽知道，圣诞节我们依然在想念她。"妈妈说。得知圣诞节礼盒已经寄出去，全家人都非常的开心。

然而，玛丽不在家，圣诞节总是少了点感觉。吃早餐的时候，大家打开圣诞节礼物时，只有格蕾丝十分开心。因为她收到了一只真正的洋娃娃，她有着陶瓷的头陶瓷的手，脚上还穿着一双小黑布鞋。爸爸在烟盒上头放了摇板，给娃娃制作了一个摇篮。劳拉、凯莉和妈妈给娃娃制作了小被子、小枕头和小拼布床单，还给娃娃穿上了睡袍，戴上了睡帽。收到这件礼物，格蕾丝开心极了。

劳拉和凯莉一起买了一枚德国银顶针送给妈妈，一条蓝色丝绸领带送给爸爸。劳拉的礼物盒子里，放着一本蓝色的金边书：《坦尼森诗选》。不过劳拉看起来一点儿也不惊喜，这是爸爸和妈妈没有料到的。他们从爱荷华州也买了本书给凯莉，藏得严严实实的，书名为"荒野故事"。

这就是圣诞节的一天。早上干完家务活后，劳拉终于可以坐下来读《莲花食魔》这首未读完的诗了。然而，就连诗集也令人失望，因为在那片永远只有下午的土地上，所有水手都不是什么好人。他们似乎认为，自己生而有权住在这片神奇的土地上，于是到处闲躺，到处抱怨。每当他们想激励自己起来干活时，最后只会抱怨："我们为什么要起来翻浪呢？"为什么？劳拉愤愤不平地想，这不就是水手的工作吗？水手不就是翻浪的吗？唉，这群人只想白日做梦，只想过上安逸舒适的生活。劳拉狠狠地合上书本。

她知道，这本书里一定有许多美丽的诗歌，然而她太想念玛丽了，根本没有心思去阅读它。

不一会儿，爸爸匆匆从邮局带回一封信。字迹有点奇怪，但是署名处却写着"玛丽"。她在信中说，她将纸张放在带凹槽的金属板上，通过感受凹槽的纹路，她就能够用铅笔来书写单词了。这封信是送给全家人的圣诞礼物。

她还写道，她非常喜欢学校，老师们都夸她学习好。她正在学习阅读和书写盲文。她希望能陪伴大家度过圣诞节。她十分想念家人，相信家人也一样在想念着她。

读完信件，一天就这样静悄悄地溜过去了。劳拉不禁感慨："如果玛丽也在这里，她一定会沉浸在文学之夜里！"

突然，她想起来，所有事情都在飞快改变中。玛丽还有六年才能回家，那时候这儿的一切都会与现在完全不同。

假期里，劳拉并没有学习。一月飞逝而过，她连喘口气的机会都没有。这个冬天非常暖和，学校一天也没放假。周五晚上的文学之夜，一场比一场好玩，真令人兴奋不已。

一个周五的夜晚，哈利夫人举办了蜡像展。方圆几里的人们都赶了过来。拴马柱周围站满了马儿、马车和带鞍座的马驹。那两匹棕色摩根马也到场了，它们整整齐齐地穿着带扣的毛毯。阿曼罗·怀尔德和卡普·加兰德一起站在人头涌动的校园内。

教室里，讲台前面拉了一幅白色帘子。当帘子拉开时，全体欢呼，原来沿着墙面站了一排栩栩如生的蜡像。他们看上去像是用蜡块制作而成。

他们看上去像是用蜡块制作而成。

除了涂黑的眼睫毛以及涂红的嘴唇，他们的脸蛋花白如蜡。身上穿着层层的白色衣服。每尊蜡像都如真正的雕像一般，无声无息地站在那。

待大家凝视蜡像一段时间后，哈利夫人才从帘子后面走了出来，没人知道她是谁。她穿着一件全黑长袍，戴着一顶勺子软帽，手持长教鞭。

她用低沉的声音说："乔治·华盛顿，我命令你！活过来吧！动起来吧！"她将长教鞭点了点其中一个雕像。

这个蜡像居然真的动了起来！他的动作短促而僵硬，从层层的白色衣服下方，举起一只蜡质手臂，手持一把短柄斧头，挥舞着，做砍树的动作。

哈利夫人一个接一个地喊着他们的名字，并用教鞭点了点他们的身子，每个蜡像就都活了过来。丹尼尔·布恩将枪杆举高后放下，举高后放下。伊丽莎白女王将镀金皇冠戴上后脱下，戴上后脱下。沃尔特·罗利将烟斗放到一动不动的嘴唇旁边，而后拿开，再次放起来后拿开。

一个接一个地，所有的蜡像都活了过来，他们重复着无生气的僵硬动作。真让人难以相信，他们居然真的活了过来。

最后幕帘落下，大家缓缓地舒了一口长气，而后掌声四起。所有的蜡像都走到幕帘前方，一一向观众致谢，原来他们全是活生生的人啊！掌声越来越响亮！哈利夫人脱下帽子，原来是杰拉尔德·富勒先生。伊丽莎白女王脱去皇冠和假发，原来是布兰德利夫人。掌声和笑声似乎无休无止，大家都笑得上气不接下气。

"毫无疑问，这就是文学之夜的高潮。"妈妈在回家路上说道。

"这可说不准噢，"爸爸笑了笑，仿佛还偷偷藏了什么秘密。"如今，整个小镇都充满生机和活力。"

第二天，玛丽·鲍尔过来找劳拉玩。她们整个下午都在谈论好玩的蜡像。那天晚上，劳拉静下心来学习时，却哈欠连连。

"我还是睡觉去吧。"她说，"我实在是太——困——"劳拉的哈欠声巨大。

"这样的话，你这星期就有两个晚上没学习了。"妈妈说，"明天晚上教堂有活动。我们最近都在狂欢中度过，如果再这样下去——是不是有人在敲门？"

"笃笃笃"，妈妈跑去开门。原来是送信的查理，不过他没有进来。妈妈从他手里接过信封，关上大门。

"这封信是给你的，劳拉。"妈妈说。

凯莉和格蕾丝目瞪口呆，爸爸和妈妈静候劳拉读出信封上的地址："达科塔领地，迪斯梅特区，劳拉·英格斯收。"

"什么？"劳拉惊讶极了，她用发夹小心翼翼地划开信封，取出一张折叠好的金边信纸，上面写道：

诚挚邀请您：

一月二十八日周六晚上八点整光临本宅共进晚餐。

本·M·伍德沃斯敬邀

读完信的劳拉软绵绵地瘫坐在凳子上，就像妈妈偶尔的作风。妈妈从她手中取来邀请信，又读了一遍。

"这是派对噢！"妈妈说，"这是一个晚餐派对。"

"噢，劳拉！你居然收到参加派对的邀请！"凯莉大喊。而后，她问道："什么是派对？"

"我也不知道，"劳拉说，"噢，妈妈，我该怎么做？我从没参加过派对，我该怎样表现自己？"

"无论身处何地，都应该表现得体。这些我们都教过你了呀，劳拉。"妈妈回答说，"你只需要举止得体就行，我相信你有分寸的。"

话是这么说，可劳拉心里一点儿也不轻松。

20. 生日派对

接下来的一个礼拜，劳拉一直在思考派对的事情。她既想参加，又不想参加。很久以前，还是个小女孩的她曾经参加过妮莉·奥尔森举办的派对。然而，那只是小女孩的小派对，这次将会有很大的不同。

在学校里，艾达、玛丽·鲍尔和米妮都非常激动。阿瑟告诉米妮，这是本的生日派对。课间休息时，出于礼貌，她们几乎一个字都不敢提，因为妮莉也和她们待在一起，然而她并没有收到派对邀请。不过就算收到了，住在乡村里的她也无法参加。

聚会当晚七点，劳拉就穿戴整齐，准备完毕。玛丽·鲍尔将带她一起去火车站，但是她还得过半个小时后才能过来。

劳拉拿起《坦尼森诗选》，想再次阅读她最喜欢的那首诗：

> 快来花园吧，莫德，
> 黑夜的蝙蝠已经飞走，
> 快来花园吧，莫德，
> 我独自站在门口等候，
> 忍冬香气弥漫，
> 玫瑰飘香。

171

她坐立不安，再次看了一眼墙上的镜子。她多么希望镜子里的自己苗条又高挑！然而，她只看到了一个又矮又胖，穿着蓝色羊绒礼拜服的女孩。

至少，这是一件少女的衣服。长长的裙子掩盖了带扣鞋的鞋面。裙子紧实而饱满地在背后收紧，裙子上头罩着合身的巴斯克衫，前襟紧密地扣着一排绿色的小纽扣。裙子边缘镶着一圈蓝色、金色和绿色三色相间的格子花呢绲边。巴斯克衫的衣摆和袖口处也镶着窄小的格子花呢绲边。直立的衣领，也是由格子花呢做成，内镶一层白色蕾丝花边。妈妈将她的珍珠贝壳别针借给劳拉，以便她将衣领固定在下方。

这件衣服真是无可挑剔。然而，噢！劳拉多么希望自己像妮莉·奥尔森一样高挑，一样苗条。她的腰部粗得就像小树一样，虽然肩膀瘦一点儿，却也很粗壮。就连最小的双手都显得臃肿有力，看起来一副很能干活的样子，一点儿也不像妮莉那双纤细无力的嫩手。

即便是镜子里的脸庞，也是布满小细纹。下巴那儿有一道柔和的曲线，红红的上唇短小而弯曲。鼻子长得还算不错，稍微有点上翘，看起来不太像高挺的希腊鼻子。劳拉认为，自己的双眼间距太大，也不像爸爸的那般湛蓝，看上去一副焦虑无神的样子，一点儿也不楚楚动人。

额头的正前方是卷卷的刘海。头发虽然不是金黄色，至少还算浓密细长。后面的头发梳成辫子，盘在头顶，覆盖了整个后脑勺。这头浓密的头发重量可不轻，劳拉感觉自己真正长大了。她慢慢地转过头，看着褐色的头发在台灯底下闪闪发光。突然，她意识到自己正在炫耀头发。

她走向窗户，仍未见到玛丽·鲍尔的身影。她实在太胆怯了，真不敢参加这次派对。

"快坐下来，静静等待，劳拉。"妈妈温柔地劝她。就在这时，劳拉看见了玛丽·鲍尔的身影，她兴奋地穿上外套，戴上帽子。

两人一起走向派对地点，路上几乎没有说什么话。她们沿着主大街走到尽头，再顺着铁轨走到火车站，这就是伍德沃斯一家生活的地方。楼上灯火通明，楼下电报局的台灯锃亮，本的哥哥吉姆就在这里工作，他是一名电报员。雾气弥漫的夜晚，电报机"咔嚓咔嚓"尖锐作响。

"我们应该先到候车室吧。"玛丽·鲍尔说，"我们应该先敲门，还是直接走进去？"

"我也不知道。"劳拉坦白说。奇怪的是，见玛丽·鲍尔也踌躇不定，她反而感觉好了一点儿。然而，她还是感觉喉咙堵住，手腕不停在颤抖。候车室是个公共场所，然而现在它却大门紧闭。里面要举行派对，难道不是应该大门敞开吗？

玛丽·鲍尔犹豫了一下，还是敲了敲门。敲门声并不大，却足以把她们吓一跳。

没人过来开门，劳拉大胆地说："我们直接进去吧！"

说话间，她已经抓住门把手，而这时，本·伍德沃斯打开了大门，并道了一声"晚上好"。

劳拉感觉十分不安，无暇顾及本·伍德沃斯的招呼。他穿着礼拜西服，佩戴着直挺的白色领带。湿漉漉的头发经过仔细的梳理。他又补了一句："晚上好，我妈妈在楼上恭候大家。"

她们跟随本穿过候车室，爬上楼梯。本的母亲伍德沃斯夫人正在楼上的小厅等待她们。她个头不高，跟劳拉相似，体态却更加丰满。她穿着一件柔软细薄的灰裙子，领子和袖口都缝上了雪白的褶皱花边，看起来十分优雅。不过，她也还算得上和蔼可亲，劳拉一下子就轻松了起来。

在伍德沃斯夫人的卧室里，劳拉和玛丽脱下外套。这间卧室简直和它的主人一样的优雅。这张床特别雅致，不仅铺上了白色的针绣床单，还配上了带褶皱的枕套。劳拉和玛丽犹豫了一下，不太敢把外套放在上面。窗户前方垂挂着白色的带有褶皱花边的棉布窗帘。一张小床头柜上铺着针织蕾丝桌巾，上面放着一盏明亮的台灯。衣柜顶部也铺着与之匹配的白色针织蕾丝巾。就连镜框顶部，也挂了一条白色的蕾丝花边。

玛丽·鲍尔和劳拉照照镜子，用手指将被兜帽压平的刘海弄蓬松。伍德沃斯夫人十分友好地说："女孩们，如果你们已经整理好，就来客厅吧。"

艾达、米妮、阿瑟、卡普和本已经在客厅里面。伍德沃斯夫人笑盈盈地说："等吉姆忙完他的工作，我们的派对就开始。"她坐下来，愉快地和大家交流。

客厅里，台灯散发着柔和的光，欢快极了。加热器源源不断地输送温暖，舒服极了。窗户前面挂着深红色的窗帘，椅子并没有靠墙放，而是围在火炉旁边。透过火炉口的明胶玻璃，可以看见里面烧得火红的煤炭。房间正中央的大理石桌面上放着一本毛茸茸的相册，桌子下面的架子上还放着几本书籍。劳拉想一睹为快，然而如果忽略伍德沃斯夫人的讲话就会显得很不礼貌。

过了一会儿，伍德沃斯夫人先行离开，走进厨房。客厅里一片宁静，劳拉感觉自己应该说点什么，却哑口无言。她感觉双脚似乎太大了，双手不知该放在哪里比较好。

透过门口，她看见一张铺着白布的长桌子。天花板上垂下一条长长的镀金链子，链子上悬挂着一盏吊灯，柔和的灯光照得陶瓷和银器闪闪发亮。这盏吊灯的奶白色灯罩边缘悬挂着许多亮闪闪的玻璃吊坠。

这一切都太美好了，然而劳拉还是无法忘记自己的大脚。她努力把脚藏到裙子底下。她看了看其他女孩，劳拉知道自己应该说点什么，因为没有人愿意说话。然而，她却不擅长打破沉默。一想到这里，她不免觉得难过，派对竟然也和联谊会一样，是那么的令人不适。

楼梯上传来欢快的脚步声，吉姆像一阵风似的飘了进来。他看看大家，神情严肃地问道，"你们是不是在举行贵格会教徒的沉默祈祷会？"

大家哈哈大笑，可算能开口说话啦！隔壁的陶瓷微微碰撞发出声响，伍德沃斯夫人正在桌子周围打转。吉姆感觉非常的放松，"晚饭准备好了吗，妈妈？”

　　“是的，已经准备好了。”门口传来伍德沃斯夫人的声音，“大家都移步到饭厅，好吗？”

　　这么漂亮的房间，伍德沃斯一家似乎只用来进餐。

　　餐桌上设有八个位子，每个位子的前方都摆放着一盘满满的热气腾腾的蚝肉汤。本坐在餐桌的最上位，吉姆坐在最下位。伍德沃斯夫人将大家带到指定的位置，并照顾大家进餐。

　　如今，劳拉的双脚藏在餐桌底下，双手有事情可干，她感觉非常愉悦，不再害羞。

　　餐桌的正中间摆放着一只银制调味盘，上面放着好几个雕花玻璃瓶，里面装有醋、芥末和胡椒粉，还有高高的装有盐和胡椒粉调味器。每只盘子都由白色陶瓷制成，周围环有一圈五颜六色的小花朵。每只盘子旁边都放着一张白色的餐巾纸，折叠得非常巧妙，看起来就像一朵含苞待放的大鲜花。

　　最值得一提的是，每只盘子前都放了一个橙子。这还不止。每个橙子都做成了花的形状。橙子皮从上往下切成几小瓣，每小瓣都由内向下卷，看起来就像红金色的花瓣。在这些花瓣里面，藏着新鲜的橙肉，弯弯曲曲的，包裹在纤薄而白皙的皮肤之内。

　　仅仅是一盆蚝肉汤，已经让人觉得有派对的感觉了，伍德沃斯夫人还端上来一盘又小又圆的牡蛎饼干，给每个人品尝。当大家舀完最后一勺美味的汤汁，咕噜咕噜吞下肚以后，伍德沃斯夫人收走了汤盘，端来了满满一盘土豆馅饼。由土豆泥制成的又小又平的饼，被炸成金黄色。除此之外，还有一大盘热气腾腾、奶香浓郁、金黄诱人的炸鳕鱼球，一盘新鲜出炉的小饼干。她将黄油放在一只圆形玻璃盘内，递给大家轮流享用。

　　伍德沃斯夫人热情地为大家盛菜，不止一次，而是两次！她还为大家端来咖啡、奶油和白糖。

丰盛的晚餐过后，她将桌子清理干净，并端上一只洒满白霜糖的生日蛋糕，放在本的面前。此外，还在蛋糕旁边放了一叠小盘子。本站起来切蛋糕，给每只小盘子都放上一块，伍德沃斯夫人依次端给大家。等到本切好自己那份蛋糕时，他们才开始吃起来。

劳拉对眼前的橙子感到十分的好奇。这是不是拿来吃的？什么时候吃？怎么吃？它们看起来这么漂亮，真不忍心破坏它们。不过，劳拉曾经尝过一点儿橙子，她知道橙子有多么美味。

每个人都咬了一口蛋糕，然而没人敢动橙子。劳拉心想，或许这些橙子是给她们带回家的，或许可以带一个回去，分给爸爸、妈妈、凯莉和格蕾丝吃。

然后，大家都看见本拿起了橙子。他小心翼翼地将橙子放在盘子上方，剥去花瓣外皮，掰成几部分，咬一口橙肉，吃一口蛋糕。

劳拉和其他人纷纷拿起橙子。他们仔细地去皮、分块，再与蛋糕搭配入口。

晚餐过后，盘子上只留下光溜溜的橙子皮，不带一点儿果肉。和其他女孩一样，劳拉先用餐巾优雅地擦擦嘴唇，再折叠放好。

"我们到楼下玩游戏吧。"本说道。

大家从餐桌上起身时，劳拉轻声对玛丽·鲍尔说："我们是不是应该收拾碗碟？"艾达则直接脱口而出，问道："我们是不是应该先把碗碟洗好，伍德沃斯夫人？"伍德沃斯夫人感谢了大家的好意，"女孩们，快去玩吧！不用管这些碗碟！"

楼下候车室里，壁灯散发出明媚的亮光，火炉输送温暖的热量。这儿空间够大，可以让他们好好玩游戏。他们玩的第一个游戏是丢手绢，第二个游戏是捉迷藏。最后，大家都气喘吁吁地瘫坐在长凳上休息。这时，吉姆说："我知道还有个游戏，你们一定没有玩过！"

大家都好奇这到底是什么游戏。

"这个游戏太新奇了，应该还没有名字，"吉姆回答说，"你们都来我办公室吧，我告诉你们该怎么玩。"

吉姆希望大家站成半圆形，可惜办公室太小，空间不够大。吉姆站在一头，本站在另一头，大家挤在吉姆的工作台周围，手牵着手。

"站直身子！"吉姆让大家站好。每个人都挺直身板，好奇接下来该干什么。

突然，劳拉感觉到一股燃烧的刺痛感，所有握紧的双手都抽搐了一下，女孩尖叫，男孩大喊。劳拉害怕极了。她不敢发出声响，不敢挪动半步。

其他人都开始兴奋地问道："这是什么？这是什么？你是怎么做到的，吉姆？吉姆，你是怎么做到的？"卡普说："我知道这是你的'电'，吉姆，但这究竟是怎么做到的？"

吉姆哈哈大笑，然后问道："劳拉，难道你没有任何感觉吗？"

"噢，当然有！我感觉到了！"劳拉回答说。

"那你为什么不叫呢？"吉姆好奇地问道。

"尖叫又有什么用？"劳拉问他，但是吉姆无法回答这个问题。

"不过，这究竟是什么东西？"她和其他人一起追问道，可是吉姆只能回答说："没有人知道。"

爸爸也曾经说过，没有人知道电到底是什么。本杰明·富兰克林发现闪电里带电，然而没有人知道闪电又是什么。如今，它可以用来发电报，依然没人知道它究竟是什么。

他们盯着桌子上的小型黄铜机器，它居然能够将信息飞快地输送到遥远的地方，真令人感到好奇！吉姆敲了敲按键，"这封电报将送到圣保罗。"他说道。

"现在吗？"米妮惊讶地问道。吉姆说："是的，此时此刻。"

他们都无声无息地站在原地，直到爸爸打开门走了进来。

"派对结束了吗？"他问道，"我来接女儿回家。"再一看，大钟已经敲了十下。没人注意到，原来已经这么晚了。

　　男孩们穿上挂在候车室的外套，戴上帽子。女孩们上楼感谢了伍德沃斯夫人，并道了"晚安"。在这个优雅的卧室里，她们扣上外套纽扣，系好兜帽，不禁感慨着时光的美好！原本令人害怕的派对结束了，如今，劳拉竟然希望它能继续下去。

　　楼下，布朗牧师过来接艾达回家。劳拉和玛丽·鲍尔则跟随她们的爸爸回家。

　　家里，妈妈正在等待劳拉和爸爸回家。

　　"见你两眼发光，就知道你玩得有多么愉快。"妈妈笑着看看劳拉，"悄悄溜去睡觉吧，凯莉和格蕾丝已经睡着了。明天你再给我们讲讲派对的故事。"

　　"噢，妈妈，我们每个人都吃了一整个橙子！"劳拉实在忍不住要告诉妈妈。然而，她把其他美好的故事都留到了明天。

21. 放任自由

上次派对过后，劳拉学习的心思少了许多。大女生和大男生都玩到了一起去，建立了深厚的友谊。如今，碰上暴风雨的日子，他们会在课间和午间休息期间，围在火炉周围说说笑笑。

没有暴风雪的日子，更是欢乐无穷。他们全都跑到屋外打雪仗、扔雪球。虽然并不淑女，但这实在是太好玩了！他们气喘吁吁地跑回教室，有说有笑，在门口抖掉鞋子、外套和头巾里的雪，然后回到座位上，浑身温暖，新鲜空气在体内循环，令人神采飞扬。

劳拉玩得太开心了，几乎忘记要提高知识储备，争取成为一名老师这件事了。她的成绩依然遥遥领先，却不再是门门满分。她做算术会出错，有时候读历史也会犯错。有一次，她的数学成绩下滑到93分。不过，她依然坚信，只要下个暑期好好学习，还是能够补回来的。其实，她内心深处也确实知道：

> 日出与日落之间，
>
> 损失了黄金一小时，即是损失了钻石六十分。
>
> 时间一去不复返，到头来什么都得不到。

小男生将圣诞节礼物——雪橇——带来学校。有时候，大男生会借过来玩玩，带上女生滑一滑雪橇。因为没有山丘可以滑行，加上今年冬天风雪不够大，没有出现又大又坚实的雪山，所以男生们只能拖着雪橇走。

卡普和本徒手制作的大雪橇，空间足够大，四个女生都能挤上去，前面四个男生拖着走。课间休息期间，他们会快速滑行，跑到大草原以外再折返。午休时间充裕，他们也就跑得更远了。

最后，妮莉·奥尔森再也无法忍受独自站在窗户旁看着别人嬉戏打闹了。一直以来，她都不屑于冬天的户外活动，因为这会使得她细嫩的皮肤变粗糙，纤细的手变皲裂。然而，一天中午，她大喊着，说自己也想滑一滑雪橇。

雪橇不够大，容不下五个女生，然而男生们不愿意落下任何一个女生，所以他们哄了五个女生上雪橇。地方不够大，女生们只好将脚伸到侧边，收拢裙子，高高的鞋面上露出羊绒高筒袜。男生女生一齐出发，跑向雪地。

男生们拉着雪橇，在大草原上绕圈圈，再朝着小镇方向跑去。寒风凛冽，大家发型凌乱、衣冠不整、脸蛋通红，却依然说说笑笑、兴奋不已。他们再次从学校门前飞奔而过时，卡普大叫："我们到主大街上遛一遛吧！"

其他男生大喊大叫表示同意。加快速度往前跑！

妮莉突然发出一声尖叫："停下来！快停下来！停停停！听我的话！"

艾达笑个不停，"噢，男生们，可不能进城啊！哈哈哈……"劳拉也笑得停不下来了，因为她们感觉非常好玩，双脚无助地踢来踢去，裙子肆意地飞来飞去，披巾、围巾和头发还在风中乱舞。妮莉的尖叫只会刺激得男生们更加的兴奋，他们越跑越快。劳拉心想，他们肯定不会去主大街，他们肯定会回头。

"不！不！阿瑟，不！"米妮尖叫，连玛丽·鲍尔也开始乞求道："不！噢，不要！"

劳拉看见，拴马柱旁边站着身披毛毯的棕色摩根马。阿曼罗·怀尔德身穿毛大衣，正在解开它们的绳索。他转身回头，想看看女生们为何如此尖叫。

此时，劳拉明白了，男生们就是想把她们拉到主大街上，让阿曼罗·怀尔德看看，让其他人也看看。这可不是闹着玩的。

其他女生的叫喊声太大了，劳拉必须降低声音，才能让男生们听见。

"卡普！"她说，"让他们快停下来吧。玛丽不想去主大街。"

卡普马上掉头，其他男生都跟他背道而驰。然而卡普说："嘿，兄弟们，咱们还是回去吧！"大家只好往回走。

回到学校，铃声刚好响起。他们一拥而入，个个都开心极了，除了快气疯的妮莉。

"你们男生自认为很聪明是不是！"她气汹汹地说，"你们——你们——你们这群无知的西部人！"

男生们看着妮莉，一言不发。因为她是个女生，他们不能跟她对骂。卡普焦急地瞥了一眼玛丽·鲍尔，发现她正在对自己微笑。

"谢谢你们，男生们！"劳拉说。

"是的，谢谢你们，我们都玩得很开心！"艾达急忙插了一句。

"谢谢你！"玛丽·鲍尔笑着看看卡普，他顿时笑开了花儿，整张脸都亮堂起来了。

"课间休息的时候，我们再出去跑跑吧！"就在大家成群结队进入教室时，他对玛丽说道。

三月，雪花融化，期末将至，原本应该好好学习的劳拉一点儿心思都没有。如今，大家都在谈论冬天的最后一场文学之夜。这次会安排怎样的活动呢？大家都在揣测。就连妮莉一家也过来参加文学之夜了。这次，妮莉打算穿一件新衣服。

在家时，劳拉并没有学习，而是忙着用海绵擦拭干净她的蓝色羊绒衫，并熨烫好，再洗净它的蕾丝褶边。她太希望得到一顶真正的帽子，而不是兜帽了，于是妈妈给她买了半码长的漂亮的棕色天鹅绒布料。

"我知道,你会好好爱惜这顶帽子的。"妈妈为自己找起借口来,"你还能戴上好几个冬天呢。"

周六,玛丽·鲍尔和劳拉约好一起做帽子。玛丽用深蓝色的布料做帽子,用黑色和蓝色的天鹅绒布料做点缀,这都是她从爸爸的布料袋子里面寻来的。劳拉用可爱的棕色天鹅绒布料做成帽子,它摸起来十分柔软。它拥有褐中带金的光泽,看起来如丝般顺滑。劳拉在这次文学之夜上第一次戴上了这顶帽子。

教室里,除了教师的课桌被移到讲台下面,什么准备都没有做。三个人挤在一个座位上,每一寸能站人的地方都不留空隙。即便是教师的桌子,也挤满了男生。布兰德利先生和巴恩斯律师将人群往后推,留出中间过道。突然,从教室外努力涌进的人群中传来一声尖叫,没人知道发生了什么事情。

沿着中间过道,五个黑脸男人,穿着破破烂烂的制服,踏着整齐的步伐向前行进。他们的眼睛周围一圈白色,嘴唇宽大通红。他们走向讲台,面向观众,站成一排。突然,他们全体向前,高声唱起歌儿来:

> 穆里根的守卫啊!
>
> 打不倒的黑脸王啊!
>
> 前前后后,他们来回踱步;后后前前,他们步履矫健。
>
> 穆里根的守卫啊!
>
> 打不倒的黑脸王啊!
>
> 义勇行军,无畏无惧!
>
> 步伐铿锵,稳步向前!

站在中间的男人正在跳木鞋舞,其他四个衣衫褴褛的黑脸男人靠墙站立。一人弹奏单簧琴,一人吹响口风琴,一人敲击骨槌来伴奏,一人拍打双

手或双脚来合音。

人群欢呼雀跃，根本停不下来。咚咚咚，脚步踏起来。所有人都被这激动人心的音乐、笑脸盈盈的白眼人、狂野欢快的舞蹈带着跑。

舞蹈一停，还没等大家回过神来，搞笑的节目又开始了，一问一答，滑稽至极，这可不就是人们听过的最好玩的对话吗！然后，音乐再次响起，狂野的舞蹈跳起来了。

当五个黑脸人急速跑下过道，消失在黑夜中时，每个人都还在笑得喘不过气来。真不敢相信，一个晚上就这样过去了。与刚才的那场表演相比，纽约最著名的黑人滑稽秀都好不到哪里去。而后，人们都在讨论同一个问题：
"他们是谁？"

他们衣衫褴褛，脸色黝黑，令人难以辨认。不过劳拉确信，中间跳木鞋舞的就是杰拉尔德·富勒，因为她曾经见过，富勒先生在自家五金店门口的过道上跳吉格舞。至于那个将两根又长又平的大白骨在指间来回转动敲击音调的黑人，如果劳拉没猜错的话，他应该是爸爸，前提是这个黑人曾经留过胡须。

"爸爸不可能刮掉胡须，是吧？"她问妈妈。妈妈惊恐地回答说："天啊，不会吧！"然后，她又补充了一句，"但愿他没有这么做。"

"爸爸一定是其中一个黑人。"凯莉说，"因为今晚他没有跟我们过来。"

"没错，我知道他在悄悄练习，希望在黑人滑稽秀上一展身手。"妈妈说完，加快了步伐。

"但是黑人们全部都没有胡须噢，妈妈。"凯莉提醒她。

"天啊！"妈妈说，"噢，我的天啊！"她太投入了，完全没有想到这回事。"他不可能……"妈妈说完问问劳拉，"你觉得他可能刮掉胡须吗？"

"我不知道。"劳拉回答说。她真的认为，为了这样一个夜晚，爸爸会不惜牺牲自己的胡子的。不过劳拉不清楚的是，爸爸究竟做了什么。

她们匆匆赶回家，没见到爸爸。似乎过了很长一段时间，才看见爸爸进门。他欢欣鼓舞地问："你们觉得这黑人滑稽秀怎样啊？"

他那长长的棕色胡须还留着，一如往日。

"您到底把胡须怎样了？"劳拉大喊。

爸爸假装既惊讶又迷惑，"怎么啦？我的胡须有什么问题吗？"

"查尔斯，你快把我吓死了！"妈妈忍不住哈哈大笑。仔细一看，劳拉发现爸爸笑起来时，眼角皱纹里还有一颗白色的污点在跳动。此外，她还在胡须上发现了一点儿黑色油脂。

"我就知道！你把胡须涂黑了，藏在高高的衣领里面！"劳拉一把抓他个现行。爸爸并不否认自己就是敲击骨槌的那个黑人。

妈妈说，这样的夜晚真令人一生难忘。夜已深，一家人仍旧在谈论这段美好的时光。今年冬天，再也不会有文学之夜了，因为春天很快就要到来。

"学校一放假，我们就搬回地里去。"爸爸说，"你们觉得怎样？"

"我必须好好看看我的菜园种子。"妈若有所思地说。

"我也想回去。格蕾丝和我又可以摘紫罗兰啦。"凯莉说，"你开心吗，格蕾丝？"瞧瞧格蕾丝，她躺在妈妈的大腿上，随着摇摇椅一来一回，都快睡着了。她半睁着一只眼睛，嘟哝嘟哝地说道："紫兰。"

"你呢，劳拉？"爸爸问，"我想，你可能更愿意待在小镇里面吧。"

"或许吧，"劳拉承认，"比起以前，我确实更喜欢小镇生活了。然而，夏天来了，每个人都要回到地里干活。明年冬天，我们还会搬回小镇的，对吗？"

"是的，我们还会搬回来的。"爸爸说，"只要这间房子没有租出去，回来住住又何妨，你们去上学也更安全。虽然这个冬天，我们即便待在地里，也能安然无恙。这就是生活。我们全副武装，抵御严冬，然而连一场暴风雪的影子都没见着。"

爸爸说得太滑稽了，逗得大家哈哈大笑。

今晚过后就要考虑搬家的事情了。天气渐暖，空气中夹杂着湿润的泥土气息，劳拉更不想学习了。即便成绩不算好，她也知道自己能通过考试。

每当良心在谴责自己时，劳拉总是叛逆地认为，整个暑假都将见不到艾达、玛丽·鲍尔、米妮和男生们，所以她要趁现在多玩点时间。等到夏天，自己一定会用功读书的。

她的考试成绩并不算太好，一科满分的都没有。历史成绩只有99分，数学成绩只有92分多一点儿。这就是本学期的成绩单，已经无法改变。

突然，劳拉意识到，不能再放纵自己。再过十个月，她就十六岁了。美好的夏天就在眼前，劳拉仿佛能看见一片湛蓝的天空、一团飘浮的白云、水牛坑里盛开的紫罗兰、大草原上绽放的野玫瑰。然而，她必须待在家里好好学习。如若不然，明年春天，她可能无法考取教师资格证，玛丽就可能要辍学了。

22. 四月之惊

　　小棚屋已经安置妥当。小屋外头，雪已经全部融化。草原之上，新生的绿草上覆盖着一层薄薄的雾水。暖阳之下，刚犁开的土地裸露着黑色的肌肤，散发着迷人的甜味。

　　那天早上，劳拉一共学习了两个小时。洗完碗碟后，她看了看等待她翻阅的石板作业本和教科书，感受着柔和的微风。这个小骗子，想要诱拐她随凯莉和格蕾丝到户外踏青。她可不会上当，现在看来，学习是头等大事。

　　"今天下午，我要去小镇一趟。"爸爸说完戴上帽子，"你需要我带点什么回来吗，卡罗莱？"

　　突然，微风夹带着一丝冰冷的寒气。劳拉迅速地看向窗外，惊讶地喊道："爸爸！那里有一个暴风雪云团！"

　　"怎么可能！四月还有暴风雪？"爸爸转身向外看。

　　阳光已消失，狂风呼啸，暴雪冲击着这座小棚屋。一团白色的旋涡压向窗户，寒气入侵。

　　爸爸说："今天下午，我还是老老实实待在家里吧。"

　　他拉起一张椅子走到火炉旁边，坐了下来。"庆幸的是，所有牲畜都已经牵回棚子里了。我本来打算到小镇买点拴马绳的。"他说道。

　　小猫发疯似的到处乱窜，这是它经历的第一场暴风雪，它不知如何是好，毛发竖起，噼啪作响。格蕾丝想安抚它，但是无论摸它哪里，它的毛发都会"啪"的一声冒出电火花来。除了置之不理，真的什么也做不了。

暴风雪肆虐了三天三夜。爸爸把母鸡关进牲口棚里，以免它们受冻着凉。寒风凛冽，天气灰蒙，除了待在火炉旁边取暖，哪儿也去不了。尽管光线暗淡，劳拉还是如饥似渴地学习数学。"至少，"劳拉心想，"现在我不会想出去散步。"

第三天，大草原上覆盖了一层厚厚的白雪。第四天，爸爸去小镇时，天气还十分冰冷。他带回消息说，两个男人在暴风雪中失踪后冻死了。

那是一个温暖的春日早晨，那两个男人乘坐火车从东部过来，打算到小镇南部的宅基地去探望朋友。临近中午时，就在他们准备走向两英里以外的另一片宅基地里时，暴风雪来袭。

暴风雪过后，周围的人都在寻找他们。最后在一个干草堆旁边找到了他们，那时他们已经冻死了。

"东区人不懂得怎么对抗暴风雪。"爸爸说。如果他们从干草堆里挖开一个洞，钻进里面取暖，再堵上身后的洞，就有可能熬到暴风雪结束。

"但是，谁又能预料到四月还有暴风雪呢？"妈妈说。

"没有人知道会发生什么。"爸爸说，"做最坏的打算，这样你就有准备来抱最好的希望，你也应该这么做。"

劳拉反对爸爸的这番话。"您一直为过冬做最坏的打算，可是爸爸，所有的工夫都白费了。小镇里一场暴风雪也没有。直到我们毫无准备地回到宅基地，暴风雪才来袭。"

"来来去去，似乎这些暴风雪总能打我们个措手不及。"爸爸勉强同意了劳拉的看法。

"所以说，再怎么准备，也还是不够充分的。"劳拉说，"当你期待一件事情的时候，另一件事情又会发生。"

"劳拉！"妈妈提醒她。

"确实如此，妈妈。"劳拉不服气地说道。

"不，"妈妈说，"如果你重视暴风雪的到来，好好准备，当然能从中摸索到一些规律。暴风雪只会发生在一定的地方。你做了充足的准备，最后还是有可能无法成为一名教师。但是，如果你连准备都不准备，你就一定无法成为一名教师。"

事实确实如此，后来劳拉记起，妈妈曾经也是一名教师。那天晚上，她放下书本，帮助妈妈准备晚餐时，问道："您一共教了多少个学期，妈妈？"

"两个。"妈妈说。

"后来发生了什么事情？"劳拉问。

"我遇见了你爸爸。"妈妈回答说。

"哦，原来如此！"劳拉希望自己也能遇上一个人。也许到那时候，自己就不用一直教书了。

23. 又开学啦

整个夏天，劳拉认为自己似乎除了学习，什么事情也没干。当然这不是事实。每天早晨，她会打井水回家，给奶牛挤奶，移动拴牛柱，教仔牛喝水。她在菜园除草，在屋内干家务。到了晒干草的时候，她会踩平爸爸拉进城的一大堆干草。然而，这全都比不上沉浸在教科书和石板作业本里面的漫长、炎热、焦灼的时光。即便是 7 月 4 日国庆节，她也还是选择待在家里照顾格蕾丝，学习宪法，而没有跟随爸爸、妈妈和凯莉进城看热闹。

他们时常能收到玛丽的信件，全家人每周也都会回复玛丽一封长长的信件。在妈妈的教导下，就连格蕾丝也能书写小单词了。信件经常和其他物品一齐寄送给玛丽。

如今是母鸡下蛋的时节。妈妈挑出最好的鸡蛋，交给母鸡孵，结果孵出24 只小鸡，最小的鸡蛋则拿来煮着吃。一个周日的中午，妈妈做了一顿炸鸡肉，与初生的绿豌豆和新土豆配着吃。至于其他小公鸡，妈妈先养着它们，等长大了再吃。

囊地鼠又来捣乱了，捕鼠能手小猫咪在玉米地吃得肥肥胖胖。它捕捉的囊地鼠太多了，吃不完那么多，它就会叼着刚杀死的老鼠走到妈妈、劳拉、凯莉或格蕾丝的脚前，神气十足地"喵喵"直叫。它想与大家分享食物，却一脸迷惑，不明白为何全家都不吃鼠肉。

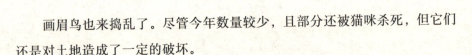

画眉鸟也来捣乱了。尽管今年数量较少，且部分还被猫咪杀死，但它们还是对土地造成了一定的破坏。

秋高气爽的日子来临，劳拉和凯莉又要走路去上学了。

小镇上、村子里都住满了人。学校里学生太多，座无虚席。前排的一些座位上，三个小学生挤在了一起。

学校来了一位新老师，他是欧文老先生的儿子。说起来，欧文老先生的栗色马差点就赢得了国庆节赛马的胜利。劳拉喜欢且十分敬重他。欧文老师看起来年纪不大，却工作积极，充满活力。

开学第一天，他就严厉整顿班级纪律。每位学生都认真听话，对他恭恭敬敬，完全吃透了上课内容。开学第三天，欧文老师鞭打了威利·奥尔森。

有时候，劳拉不太清楚自己对于鞭打学生的看法。威利非常聪明，但就是无心向学。每次老师叫他背诵课文，他总是张大嘴巴，双目无神。看上去人不像人，鬼不像鬼。大家都不愿意看见他，这令人感到非常难受。

一开始，他这么做是为了取笑怀尔德老师。课堂上，他似乎无法集中思维，理解怀尔德老师教授的内容。课间休息，他又会这样装傻来逗其他男生大笑。克利维特老师教书时，他认为威利是个智障，就不再对他提什么学习要求了。这个坏习惯在威利身上长了根，现在无论何时，他看上去都是一副精神恍惚，嘴巴张开，双目无神的表情。每逢这些时候，劳拉就会真的认为，威利的脑子完全离开了他的身体。

点名时，欧文老师念到威利的名字，这是他第一次翻白眼看欧文老师。见老师吓坏了，妮莉马上说道："他是我的弟弟，名叫威利·奥尔森。他无法回答问题，因为他脑子很迷糊。"

从那之后的两天，劳拉好几次看见，欧文老师用尖锐的眼光盯着威利看。而威利总是一副流着口水，双目无神的样子。当他被叫起来背诵课文时，连劳拉都无法忍受他这张傻瓜的脸蛋。第三天，欧文老师平静地说："跟我来，威利。"

他一手拿着教鞭，一手紧紧抓住威利的肩膀，将他撵到教室外面。他什么话也没说。距离门口最近的艾达和劳拉听见了教鞭挥舞的鞭打声。每个人都听见了威利的号啕大哭。

欧文老师平静地带威利进来。"不要再哭。"他说，"回到座位上，好好念书。我希望你能认真学习，背出课文。"

威利擦擦眼泪，回到座位上。从此以后，欧文老师一个眼神就能抹去威利的傻瓜神情。他似乎正在像其他男孩子一样思考、一样表现。劳拉时常怀疑，他的脑子已经是一团糨糊，不知道能否恢复到正常状态。不过，至少威利在努力。他害怕停止努力，持续落后。

劳拉、艾达、玛丽·鲍尔、米妮和妮莉·奥尔森都坐在原来的位置上。夏日的阳光烤得她们肤色黝黑。妮莉仍是个例外，她的皮肤更加白皙，举止更加淑女了。尽管她的衣服是她的妈妈用废弃布料裁剪而成的，但这件衣服依然十分美丽。劳拉对自己上学穿的棕色裙子和蓝色羊绒衫越来越不满意。她当然不会抱怨，哪怕她非常想发泄心中的不满。

圈环裙终于流行了起来，妈妈给劳拉买了一个圈环。她拆开棕色裙子的褶边，将圈环缝了进去，大小正合适。蓝色羊毛衫不用改动。然而，劳拉还是觉得自己的衣服没有其他女孩子的漂亮。

玛丽·鲍尔得到了一件崭新的上学穿的裙子。米妮·约翰逊也穿了一件新外套和一双新鞋子。艾达的衣服来自传教士礼物桶，不过艾达这么甜美这么开朗，穿什么都好看。每当劳拉更衣上学时，似乎她越在乎自己的外表，就越对自己的穿着不满意。

"你的束腹带太松了。"一天早上，妈妈正在帮她更衣，"把带子拉紧一点儿，你的身形就会更好看。我真的不赞同你把头发打理成这样，简直像个狂热分子。把头发梳到后脑勺，在额头前方留着一撮刘海，会让你的耳朵看起来很大。"

心急的妈妈也算帮了忙，突然她想到了什么，不禁温柔地笑出声来。

"您在笑什么，妈妈？快点告诉我们！"劳拉和凯莉乞求道。

"我想起以前，你们的伊莉莎阿姨和我就是这样，把头发全梳到耳朵后面去上学。老师把我们叫到教室前面，当着全班同学的面，好好羞辱了我们一番，说我们一点儿也不淑女，把耳朵露出来给别人看，简直太大胆了。"妈妈又温柔地笑了笑。

"所以您才经常梳点头发下来，像翅膀一样遮住您的耳朵吗？"劳拉说道。

妈妈有点惊讶。"没错，应该是这样。"她依然在笑。

去学校路上，劳拉说："凯莉，你知道吗？我从来没有见过妈妈的耳朵。"

"她的耳朵可能长得很漂亮。"凯莉说，"你长得很像她，你的耳朵就又小又好看。"

"也许是吧。"劳拉刚想说点什么，一股强劲的风径直朝她扑过来，圈环裙的铁线慢慢往上蹿，缠绕在膝盖周围。她只好停下脚步，不停地转圈圈。这样一来，圈环才会松开，回到裙子底下。

她和凯莉继续赶路，这时劳拉继续说道："我觉得吧，妈妈小时候的穿戴一定非常老土，你不觉得吗，凯莉？这该死的风！"她大喊道，因为圈环又开始偷偷蹿上来了。

当劳拉转圈圈时，凯莉安静地站在旁边。"真庆幸，我还没到穿圈环裙的年龄。"她说，"这样转下去，我会头晕的。"

"它们确实不好穿。"劳拉承认道，"但是，它们很新潮。当你到了我这个年龄，你就会想穿点时尚的衣服。"

那年秋天，小镇活动很多，真令人激动不已，所以爸爸认为没必要开展文学之夜了。每个周日都有教堂活动，每个周三晚上都有祈祷会。淑女互助会策划了两场联谊会，大家在商量圣诞树的事情。劳拉真希望，今年家里能添一棵圣诞树，因为格蕾丝从未见过圣诞树。十一月，教堂将举行一个月的布道会。如果学校董事会同意，欧文老师将举办一场公开课。

公开课将在圣诞节之前召开，在此之前学校将照常上课。所以大男生们十一月就过来上学了，而不必等到冬天。这样一来，越来越多的小学生三人成排，挤在前面的座位上，好给大男生腾出位置。

"学校需要扩建，"一天课间休息时，欧文老师对劳拉和艾达说道，"我希望，小镇明年夏天能建造出一栋新校舍。另外，有必要分年级授课。我非常希望，通过公开课，人们能更加清楚地了解学校的情况，明白它的需求。"

之后，他给劳拉和艾达布置任务。她们需要在公开课上背诵美国的所有历史。

"噢，你觉得我们能做到吗，劳拉？"当老师走后，艾达急切问道。

"那是当然！"劳拉回答说，"你知道我们都非常喜欢历史的呀。"

"我好开心，因为大部分的内容交给你来背诵。"艾达说，"我只需要记住从约翰·昆西·亚当斯到卢瑟福·B.海耶斯这个部分的内容。但是，你要记住大发现、美国地图和历史战争，还有西部保留地介绍、宪法！天啊！你怎么能够做得到！"

"这部分内容确实比较多，但是我们都反复学习过，也经常温习它，所以问题不大。"劳拉说道。其实，能背诵这部分内容令她很开心，因为她认为这部分内容更加有趣。

其他女生都在热烈讨论布道会的事。小镇和周边村庄的每个人都会过来参加。劳拉不清楚这是为何，因为她从未参加过布道会。然而，当她提起自己需要待在家里学习时，妮莉惊恐地大喊："天啊，只有无神论者才不参加布道会！"

没有人敢为劳拉辩解，艾达的棕色眼睛露出几分忧虑，她急切地恳求道："你会过来的，对吗，劳拉？"

布道会将持续一个星期，除了上课之外，劳拉还需要为公开课做准备。周一放学后，劳拉匆匆回家学习，直到吃晚饭时才合上课本。即便在洗碗碟时，她也在温习着历史知识。趁着爸爸和妈妈更衣的时候，她又抓紧时间，看了几眼书本。

"快点，劳拉，不然我们会迟到！现在该去教堂了。"妈妈说。

站在镜子前面，劳拉迅速戴上她那顶棕色的天鹅绒帽子，再拨弄拨弄刘海。妈妈和凯莉、格蕾丝已经在门口等候。爸爸关上炉灶的进风口，掐灭灯芯的火苗。

"你们都准备好了吗？"他问完，吹灭了最后一点儿火光。他们提着灯笼走了出去，爸爸锁上了门。主大街的所有窗户都黑漆漆的。过了富勒五金店之后，就见到许多盏灯笼愉快地跳跃着，穿过空地，走向灯火通明的教堂。周围的阴影处，黑压压地挤满大马车、小马车和穿着毛毯的马儿。

教堂里人山人海，耀眼的台灯和燃煤加热器持续不断地输送着温暖。白胡子老人围坐在讲道坛周围，家庭成员坐在中间的位置，年轻人和男孩都坐在后排。爸爸带着一家人，沿着过道寻找空位。这时，劳拉看见了许多熟悉的脸和陌生的人。爸爸在前面第二排位置停了下来，妈妈抱着格蕾丝，凯莉拉着劳拉，从别人的膝盖前挤过去，找到空位并坐了下来。

布朗牧师从讲道坛后面的椅子上站了起来，颂唱第一百五十四首圣歌。布朗夫人演奏管风琴，每个人都起身歌唱：

> 羊圈安全栅栏内，
> 躺着九十九只羊。
> 一只跑向大深山，
> 离开金色大拱门，
> 荒山野岭荒悠悠，

牧师关怀无影踪。

如果布道会只是唱歌，劳拉倒也非常乐意参加，尽管她认为自己应该学习，不应把时间浪费在享乐上面。她的声音和爸爸的一样，清澈而动人：

欢呼吧，上帝带回了自己的羊！

歌唱过后，长时间的祈祷开始。劳拉低下头来，双眼紧闭，听着布朗牧师粗犷的声音单调而乏味。最后，终于能站起来继续唱歌了，劳拉很开心。这首圣歌的旋律像舞曲，节奏感强，充满活力。

在晨曦之光中播种，
在午后暖阳中播种，
在夕阳余晖中播种，
在寂静深夜中播种，
噢，我们将收获什么？
噢，我们将收获什么？

随着跳动的节拍和畅快的节奏，布朗牧师继续传道。他的声音时高时低，时而如五雷轰顶，时而胆怯低沉。他那浓密的白色眉毛，忽高忽低。他时不时捶打讲道坛。"忏悔吧！趁你还有时间,忏悔吧！不要掉进万恶的地狱！"他咆哮着。

劳拉感觉脊骨一阵阴凉，头皮发麻。她隐约感觉到，在这股吓人的声音背后，有某种既黑暗又恐怖的东西在滋长，似乎有某种东西从人们身体里脱壳而出。牧师的言语只是可怕的言语，不再是句子，不再有意义。有那么恐怖的一瞬间，劳拉觉得，布朗牧师就是恶魔，他的眼睛里面喷射出熊熊火焰。

"挺身而出，接受救赎吧！你们这群有罪之人，快来拯救自己吧！站起来，站起来，一起歌唱！噢，丢失的羊羔啊！愿你不再愤怒！划呀划，努力划向岸边吧！"他举起双手，全体踮着脚尖，他拉扯嗓门大唱：

> 划桨前行，驶向岸边，水手！
> 划桨前行，驶向岸边！

"来吧！来吧！"在这场歌唱风暴中，他的声音在咆哮。突然，一个年轻人跌跌撞撞跑到过道上。

> 风吹吧，雨闹吧！
> 我无畏无惧！

"上帝保佑你，上帝保佑你，有罪的人啊，跪下来吧！上帝保佑你！还有其他人吗，还有吗？"布朗牧师厉声大喊，疯狂咆哮，"划桨前行，驶向岸边！"

事实上，一听到这首歌的头几个字，劳拉就想笑。她想起了高个子和小矮子，想起他们道貌岸然地唱着歌儿踹纱门，气愤不已的店主从撕破的纱门冲出来的情景。如今，同样是这一首歌，劳拉却感觉到周围的喧嚣，人们的狂躁丝毫感染不了她。

她看着爸爸和妈妈，他们正安静地站着唱歌。然而，劳拉却感觉到他们的周围有黑暗狂魔像暴风雪一样在咆哮。

一个年轻人，紧接着一个老妇人，站出来跪下了。教堂活动已经结束，然而仿佛又还在继续。人们向这三个有罪之人靠拢过来，拯救他们的灵魂。爸爸悄悄对妈妈说："来吧，我们走！"

他抱起凯莉，从过道走向门口。妈妈牵着凯莉，后面紧跟着劳拉。坐在后面的年轻人和男孩们都站起身，看着人来人往，劳拉害怕起陌生人来。在她眼里，前方敞开的大门就是安全的庇护所。

她没有察觉到有人摸了摸她的外套手袖，直到听见一个声音："我来送你回家，好吗？"

原来是阿曼罗·怀尔德。

劳拉惊讶得说不出话来。她甚至忘了点头或摇头，脑袋一片空白，无法思考。他的双手搭在劳拉的肩膀上，护送她走出大门，保护她免受入口处人群的挤压。

爸爸点亮灯笼，放低灯罩，抬起头来。此时，妈妈转身问道："劳拉呢？"看见阿曼罗·怀尔德护送劳拉出来，妈妈吓得目瞪口呆。

"快来吧，卡罗莱。"爸爸说。妈妈跟随爸爸走开了，凯莉睁大双眼瞪了一下劳拉，也跟着爸爸离开了。

地上的白雪还未融化，寒气逼人，然而四处无风，天空的星星一闪一闪的。

劳拉不知道该说什么，真希望怀尔德先生能说点话。从他那件厚厚的外套中，一丝淡淡的雪茄味散发出来。味道很好闻，只是不像爸爸的烟管传出的味道那般亲切。这股烟味劲头十足，劳拉不禁想起了卡普和阿曼罗冒险载回小麦的故事。她一直在绞尽脑汁，努力想说点什么。

令人惊讶的是，劳拉竟然听到了自己的声音："今年还没有暴风雪呢。"

"没错，这个冬天天气真好，一点儿也不像严冬。"阿曼罗说。

两人又沉默了，只能听见脚踏雪地上，"扑哧扑哧"作响。

主街上，黑压压的人群匆匆回家，灯笼在地上投射出大大的影子。爸爸提着灯笼，走到大街对面。爸爸、妈妈、凯莉和格蕾丝一起进门，安全到了家。

劳拉和阿曼罗站在紧闭的大门外面。

"晚安。"阿曼罗后退一步，举起帽子，"明天晚上见！"

"晚安。"劳拉说完，迅速打开家门。爸爸挂起灯笼，妈妈点亮台灯。

此时，爸爸说："相信他吧，不用担心，只不过是从教堂回来而已。"

"但是，劳拉只有十五岁！"妈妈说。

关上大门，劳拉回到温暖的家。台灯已经点亮，一切回到正常。

"你们觉得这场布道会怎么样？"爸爸问道。劳拉回答说："一点儿也不像奥尔登牧师布道的安静。相比之下，我还是比较喜欢奥尔登牧师的布道。"

"我也是。"爸爸说。妈妈提醒大家，已经过了睡觉时间。

接下来的一天，劳拉好几次都在想，阿曼罗送自己回家，究竟是什么意思。她不明白，为什么他要送自己回家。他是个成年人，这样做很奇怪。他已经成为自耕农好几年了，所以至少有二十三岁了。看起来，他更像是爸爸的朋友，而不像是自己的朋友。

第二天晚上，身处教堂的劳拉丝毫不在乎布道这回事。这里人头涌动，群情激奋，劳拉只希望自己可以离开。终于等到爸爸说"回家"，劳拉感觉非常开心。

阿曼罗·怀尔德跟其他年轻人一齐站在靠近门的位置。劳拉很害羞，她看见许多年轻人护送女孩子回家。她脸颊通红，不知该看向什么地方。阿曼罗再次问道："我送你回家好吗？"这一次，劳拉很有礼貌地回答说："好的。"

她想了想昨晚原来应该说的话，决定今晚讲讲明尼苏达州。她来自梅溪河畔，他来自春天谷。此前，他住在纽约州，靠近马隆。劳拉认为，他们的对话进行得非常顺利。最后他们回到劳拉的家门口，劳拉很有礼貌地道了一声："晚安！"

整整一个星期，阿曼罗每天都会护送劳拉从布道会回家。她还是不明白其中的原因。然而，这个星期即将结束，劳拉以后每个晚上又将投入紧张的学习中。她太担心自己在公开课上表现不佳了，所以无暇顾及阿曼罗的关怀。

24. 公开课

　　房间里很温暖，台灯很明亮，但是劳拉的手指冰冷，几乎无法扣好蓝色羊绒巴斯克衫的扣子，就连镜子也似乎黯淡无光。她正在更衣打扮，准备去参加公开课。

　　长时间以来，她既期待又害怕。如今，公开课仿佛那么的不真实，而又确确实实就在眼前。无论如何，她都要咬紧牙关，好好表现。

　　凯莉也很害怕。她脸蛋瘦小，显得眼睛巨大。当劳拉给她系上发带时，她小声地念叨着："'雕琢师把锥子拿。'"妈妈为凯莉制作了一件漂亮的格子羊毛新裙，她可以穿着它上台背诵诗歌。"妈妈，请您再听听我的诗歌背诵好吗？"她乞求道。

　　"现在不是时候，凯莉。"妈妈回答说，"我们快要迟到了。我相信你记得一清二楚。路上我再听你背诵好吗？你准备好了吗，劳拉？"

　　"是的，妈妈。"劳拉稍显虚弱无力。

　　妈妈吹灭台灯。屋外大街上，冷风嗖嗖地吹，雪花静静地飘。狂风卷起劳拉的裙子，鞭打她的双腿。圈子发了疯似的往上卷。劳拉担心，狂风会吹乱刘海的卷发。

　　她拼命回忆所有该背诵的内容，却总是卡在一个地方，"1492 年，克里斯托弗·哥伦布发现美国。哥伦布生于意大利的热那亚……"凯莉也上气不接下气地诵唱着："等待上帝的旨意……"

爸爸说："哎呀，教堂居然也亮起了灯。"

学校和教堂灯火通明。黑压压的人群提着黄色灯笼，慢慢地向教堂移动。

"怎么回事？"爸爸好奇地问道。布兰德利先生回答说："人太多，学校坐不下。欧文先生让我们来教堂。"

布兰德利夫人说："我听说你今晚要给我们好好上一课啊，劳拉。"

劳拉不知道该如何回答，心里一直在嘀咕："克里斯托弗·哥伦布出生在意大利的热那亚。1492年，克里斯托弗·哥伦布发现了美国。克里斯托弗·哥伦布……"她必须要背出这部分内容。

入口处人流过多，劳拉担心圈环裙会被挤得变形。钩子上挂满了外套，已经没有空余的挂钩了。过道上挤满了找座位的人。欧文先生不停地说道："前排留给学生。同学们请过来这里坐。"

妈妈说她来拿外套。当劳拉脱下外套和帽子时，她紧张地拨弄了下刘海，此时妈妈帮助凯莉脱掉了外套和兜帽。

"凯莉，不用害怕，跟平常一样表现就行。"妈妈说完，拉直凯莉的格子花裙，"妈妈相信你，你一定能背出全部内容。"

"好的，妈妈。"凯莉小声说道。劳拉紧张得说不出话来。她默默地牵着凯莉走下过道。一路上，凯莉都紧贴着劳拉，眼巴巴地细声问道："我看起来怎样？"

劳拉看着凯莉，凯莉那双圆滚滚的眼睛里充满恐慌，一缕头发在她眼前打了结。劳拉把它绕到额头后方，这样一来，凯莉的头发从中间分开，两边扎起直挺的长辫子，垂落在背后，看上去既光滑又时髦。

"好啦，你看起来非常的美！"劳拉说，"你这条格子新裙漂亮极了。"她的声音过于平静，感觉完全不像是自己的。

凯莉神色轻松了不少。她绕过欧文老师，走到前排，和同学们坐在一起。

欧文老师对劳拉说："总统先生们的画像挂在这面墙上，位置和教室的一样。我的教鞭放在讲道坛上。当你来到乔治·华盛顿总统的画像前，记得拿起教鞭，讲到哪位总统就指向哪位总统。这样一来，你就不会乱了。"

"好的，老师。"劳拉说道。她明白，欧文老师也十分紧张。在所有人中，最不能犯错的就是劳拉，因为她所要讲述的是公开课的核心内容。

"老师有没有跟你说要使用教鞭呢？"艾达轻声问她，此时劳拉刚好在她旁边坐下。一向快乐的艾达，此时看起来忧郁了不少。劳拉点点头。她们看见，卡普和本正将总统的画像钉到墙上，放置在柱子中间。为了给讲台留足位置，讲道坛被移到了墙边，上面放着一根长长的教鞭。

"我知道，你肯定没问题，但是我很害怕。"艾达的声音在颤抖。

"到那时，你就不会再害怕，"劳拉鼓励她说，"我们一直很擅长历史，这可比心算容易多了。"

"还好有你来打头阵。"艾达说，"我做不到，无论如何都做不到。"

劳拉其实很开心，因为开头的部分比较有趣。如今，她脑袋一片混乱。尽管时间紧迫，她依然想方设法地记住所有的史实。她必须记住，不能失败。

"全体安静！"欧文先生正式宣布公开课开始。

妮莉·奥尔森、玛丽·鲍尔、米妮、劳拉、艾达、卡普、本和阿瑟依次站到讲台上。阿瑟穿了一双新鞋子，其中一只吱吱作响。他们站成一排，面对人群，教堂内满满的全是眼睛。劳拉感觉眼前一片模糊。很快，欧文老师开始发问了。

劳拉并不害怕，只是这一切显得如此的不真实。她站在耀眼的灯光之下，穿着蓝色羊绒衣服，背诵地理知识。面对这么多人，面对爸爸和妈妈，如果答不出来，或者答错问题，都是莫大的耻辱，然而她并不害怕。这一切就像一场半睡半醒的梦，她一直在想，"克里斯托弗·哥伦布发现美国……"结果，她一点儿错误也没有犯。

台下响起一阵掌声。接下来是语法，这部分最为困难，因为没有黑板。当看着石板作业本或者黑板上的句子时，哪怕句子再长、结构再复杂、副词再多，也能轻松地分析每个词语的成分。然而，要背诵整个句子，不漏掉一个单词，甚至一个符号，这个难度就大了。即便如此，也只有妮莉和阿瑟两个人犯了错。

心算的难度更大。劳拉一直不喜欢算术。轮到她时，她心跳加速，绝望地认为自己一定会答不上来。当听到自己的声音在流畅地用短除法来解答算术问题时，劳拉惊讶不已。"347264 除以 16：34 除以 16 得 2 余 2；27 除以 16 得 1 余 11；112 除以 16 得 7；十位为零；64 除以 16 得 4，刚好除尽；答案是 21704！"

她不需要回去验算，就能得知答案是正确的。因为欧文老师开始提下一个问题了。

最后，欧文老师说道，"好，我们下课！"

台下响起雷鸣般的掌声，所有人回到自己的座位上。现在轮到小学生诵读。然后就该轮到劳拉上台了。

小男生和小女生，一个接一个上台背诵诗歌。劳拉和艾达僵硬地坐在座位上，害怕极了。劳拉的脑袋中正在疯狂地上演熟知的史实。"美国的发现者……费城的联合殖民地国会……'这份请愿书中，有一个字我不同意，那就是国会……'本杰明·哈里森站起身来说，'总统先生，这份报告我只同意一个字，那就是国会'……'乔治三世……得益于他们的榜样。先生们，如果这就是叛国罪，那就请你们充分利用这个罪名吧！'……无自由宁死亡……真理不言而喻……他们的双脚沾满鲜血，踏在皑皑白雪之上……"

突然，劳拉听见欧文老师喊道："凯莉·英格斯。"

上台路上，凯莉绷紧瘦小的脸蛋，脸色苍白。格子花裙背后的纽扣全部向内反扣。劳拉应该想到给她扣纽扣的，然而她忘了。可怜的小凯莉要独自做完所有的事情了。

凯莉笔直地站在台上，双手背在身后，眼睛盯着台下的人群。她用嘹亮而甜美的声音背诵：

> 雕琢师把锥子拿，
> 大理石块摆在前。
> 天使之梦眼前来，
> 喜上眉梢笑颜开。
> 梦中场景石中埋，
> 精雕细琢功夫现。
> 天堂之光照下来，
> 天使天使快出现。
>
> 我们也是雕琢师，
> 生活本是大理石，
> 等待上帝的旨意，
> 生活之梦遂开启。
> 美梦石头里来刻，
> 精雕细琢多磨砺。
> 天堂之美照在己，
> 天使生活多美丽。

她不仅没有支支吾吾，而且没有漏掉一个字。劳拉非常自豪，凯莉在一片掌声中，满脸笑容地回到座位上。

欧文老师说："现在，让我们一起来回顾历史。下面有请劳拉·英格斯和艾达·怀特带我们从地理大发现走进现代史。"

这一刻终于到来！劳拉起身，浑然不知自己是怎么走上讲台的，然而她就是站到了台上，"1492年，克里斯托弗·哥伦布发现了美国。克里斯弗·哥伦布出生在意大利的热那亚。长期以来，他一直在征求王室的许可，向西开拓一条新航线，通往印度。那时，西班牙的统治者为……"

此时，她的声音有些许的颤抖。她努力镇定下来，继续往下讲述。这一切都显得那么的不真实，可她就是穿着蓝色羊绒衫，戴着圈环，光荣地站到了众人面前。她用妈妈的珍珠别针固定下巴的蕾丝小"瀑布"，额头前方的刘海又热又湿。

她讲述了西班牙探险家和法国探险家远征的故事、罗利丢失殖民地的故事、英国在弗吉尼亚州和马萨诸塞州成立贸易公司的故事，以及荷兰人买下曼哈顿岛屿并住在哈得逊河谷的故事。

一开始，她感觉眼前一片模糊，后来她开始看见一张张清晰的脸。爸爸坐在突出的位置上，父女两人眼神交汇，他们的眼睛闪闪发光。爸爸满意地点点头。

此后，她开始真正讲述美国的大历史，包括新世界对自由和平等的新解读，旧时代欧洲的压迫，反抗暴政和专制独裁的战争，十三个新州的独立战争，宪法拟定的过程，以及十三州联合的历史。这时，她开始拿起教鞭，指向乔治·华盛顿。

劳拉开始讲述，乔治·华盛顿的童年过得很穷困，后来他成为一名测量师，在杜奎森堡败给了法国，而后投入长期的奋战。通过一致选举，他成为第一任总统，成为美国的国父。在第一届和第二届国会上通过了一系列法律。此外，他还打通了西北领地。整个过程，台下观众一片安静。然后，讲完约翰·亚当斯，劳拉开始讲述总统杰弗逊的故事。他执笔书写了《独立宣言》，保护了弗吉尼亚州的宗教自由和财产私有，创立了弗吉尼亚大学，买下了从密西西比到加利福尼亚州中间的大片土地。

接下来是总统麦迪逊的故事。1812 年战争，外敌入侵，战争失利、华盛顿的国会大厦和白宫遭遇火烧，美国水手在少得可怜的军舰上英勇作战，最终赢得独立战争的胜利。

门罗总统上台，他强而有力地警告那些老牌实力强国及其暴君，不准入侵美国新世界。安德鲁·杰克逊从田纳西州出发，抗击西班牙人，夺回佛罗里达州，诚实的美国人还为此向西班牙人支付了一笔钱。1820 年经济大萧条，所有银行倒闭，商铺关门，人民失业，挨饿受冻。

紧接着，劳拉将教鞭指向约翰·昆西·亚当斯的画像，讲述他的选举故事。墨西哥人也打了一场独立战争，并赢得了胜利。如今，他们也可以随心所欲地从事贸易活动。圣达菲的贸易商人沿着密苏里一路向下，穿过一千里的沙漠地带，与墨西哥人进行贸易往来。此后，第一辆马车驶入堪萨斯州。

劳拉顺利地讲完了自己的那部分内容，接下来该轮到艾达了。

劳拉放下教鞭，向众人深深地鞠了一躬。安静的全场顿时掌声雷动，几乎把她吓坏了。掌声越来越大，劳拉觉得自己似乎必须用力推开掌声，才能回到座位上。她虚脱般坐回艾达旁边，掌声依旧没有停歇，直到欧文老师开始说话。

劳拉浑身哆嗦，她非常想鼓励艾达，却说不出话来。她只好坐着休息，感激这场折磨人的考验终于结束。

艾达的表现很不错，没有出任何差错。听见众人给艾达鼓掌，劳拉也非常开心。

最后，欧文老师宣布公开课圆满结束，众人从教堂慢慢离场。大家站在座位前和过道上，热烈地讨论公开课的事情。劳拉看见，欧文老师非常开心。

"丫头，干得漂亮。"爸爸夸奖她。此时，劳拉和凯莉正穿过人群，走向他和妈妈。"凯莉，你也是，非常棒！"

"没错，"妈妈说，"我为你们感到自豪。"

"我确实记住了每个字。"凯莉开心地说："噢，好开心，终于结束了。"她长长地舒了口气。

"我——也——是！"劳拉哆嗦着钻进大衣里面。就在这时，她感觉到有人碰了她的衣领，帮她整理衣服，同时听到一个声音说："晚上好，英格斯先生。"

她抬起头，看见了阿曼罗·怀尔德。

他没说话，她也没说话。两个人走出教堂，跟随爸爸的灯笼，踏在皑皑的雪地之上。寒风已渐渐停歇，空气静止而刺骨，雪地上洒满了月光。

阿曼罗说："其实，我应该先问问你，是否允许我送你回家？"

"是啊，"劳拉说，"不过，你已经这么做了。"

"从人群中挤出来可真不容易，就像打了一场仗。"他说完，沉默了一分钟，而后问道："我可以送你回家吗？"

劳拉忍不住哈哈大笑，逗乐了阿曼罗。

"可以！"劳拉回答说。她仍然一直在想，为什么他要这么做呢？明明他的年龄远远大过自己。即便爸爸不送自己，博斯特先生或者爸爸的任何一位朋友都可以把自己安全送回家。不过，阿曼罗的笑容真迷人。他似乎很享受这一切。或许是因为他的摩根马拴在主大街上，所以他才走这条路，顺道送自己回家的吧。

"你的马儿拴在主大街上吗？"劳拉问。

"没有。"他回答说，"我帮它们盖好毛毯，留在教堂南面，那里没有风。"过了一会儿，他说道："我正在制作一台轻便的雪橇。"

一路上，他仿佛给了劳拉一点儿狂野的希望，如果能坐上雪橇，让这两匹飞马拉上自己一程，那该多么美妙啊！当然，阿曼罗说这些话并不一定是在邀请她，但劳拉还是感觉晕晕乎乎的。

"如果雪不融化，应该能滑一滑雪橇。"他说，"看起来，这个冬天也会非常温和。"

"是啊，难道不是吗？"劳拉现在确信，他不会邀请自己去滑雪橇了。

"制作雪橇需要花上一段时间。"他说，"我还要给它们涂漆上色，一共两次。直到圣诞节以后，才能用上。你喜欢滑雪橇吗？"

劳拉感觉自己快要窒息了。

"我不知道。"她回答说，"我从没有滑过雪橇。"不知哪来的勇气，她脱口而出，"但是我很想滑一滑！"

"好啊，"他说，"我一月份会过来，到时候带你出去转几圈，看看你喜不喜欢。我们就定在某一个周六，好不好？你觉得呢？"

"好！"劳拉大喊，"谢谢你！"

"那就好，到时候我会过来。如果这种天气能够持续下去，过不了几个星期，我就会过来。"转眼间，两人已经走到劳拉家门口。阿曼罗脱下帽子，道一声"晚安"。

劳拉跳起小舞，飞进家门。

"噢，爸爸！妈妈！你们怎么也猜不到！怀尔德先生正在制作一台轻便的雪橇，他要带我滑雪橇！"

爸爸和妈妈匆匆看了彼此一眼，神情严肃。劳拉飞快地说："我可以去吧？可以吗？求您了！"

"到时候再说。"妈妈回答说。然而，爸爸慈祥地看着劳拉。这让劳拉坚信，到时候自己一定能滑雪橇。在晴朗的日子里，坐在摩根马背后，穿越刺骨的冷风，飞奔向前，那该多么欢乐啊！她不禁开心地想道："哈哈，妮莉·奥尔森不气疯才怪呢！"

25. 十二月之喜

　　第二天，沉闷无聊。玛丽不在，家里没有过圣诞节的气氛。藏起来的圣诞礼物，是为凯莉和格蕾丝准备的。尽管明天才到圣诞节，他们一大早就打开了玛丽寄过来的小礼盒。

　　一整个星期都不用上课，劳拉明白，自己需要更加认真地读书学习，然而她就是静不下心来。

　　"玛丽不在身边，在家学习一点儿乐趣也没有。"她说道。

　　吃过午饭，干完家务，看不见摇摇椅上的玛丽，整个房间显得空空荡荡的。劳拉看看房间四周，似乎在找寻某样丢失的东西。

　　妈妈放下教会报纸。"玛丽不在，我也感觉很不习惯。"她说，"这份传教士报很有趣，但是一直以来，我都是大声念给玛丽听的。现在，让我自己念给自己听，还真不习惯。"

　　"真希望她待在家里！"劳拉脱口而出，但是妈妈提醒她，不能这么想。

　　"她学习很棒，想想她所学的新东西——使用缝纫机、弹奏管风琴、练习珠饰细工！真令人开心！"

　　她们同时看向那个小花瓶，这是玛丽亲手制作，寄回来送给大家的圣诞节礼物。它由精细的线穿过细小的珠子制成，蓝白相间，就放在劳拉旁边的桌子上。劳拉走到花瓶旁边，不停地抚摸它的边缘，听妈妈继续说：

"我有点担心，没有足够的钱给她制作夏天的衣服。另外，我们还要想办法给她寄点零花钱。她应该拥有一块盲文写字板，只是这东西真的好贵。"

"两个月后，我就十六岁了。"劳拉满怀希望地说，"或许明年夏天，我就能考到教师资格证。"

"如果你明年能教一个学期的书，我们或许就能把玛丽接回来，过一过暑假。"妈妈说，"她已经离家太久了，应该回家一趟。只需要存够给她买火车票的钱就行。但是，我们还是别太早抱希望比较好。"

"我还是去念书吧。"劳拉叹了口气。玛丽眼睛看不见，都有耐心干完细小的珠线活儿，她一想到自己天无所事事，百无聊赖，非常惭愧。

妈妈继续拿起报纸，劳拉一头扎进书堆里，但是她仍然无精打采，无论如何也提不起精神来。

凯莉在窗外大喊："博斯特先生过来了！还有另外一个人，快开门！塔来了！"

"应该说'他来了'而不是'塔来了！'"妈妈说。

劳拉打开家门，博斯特先生走了进来，"大家好啊！这是布鲁斯特先生。"

布鲁斯特先生穿着大靴子和厚夹克，从他的穿着和双手就能看出，他是个自耕农。他的话并不多。

"你们好！"妈妈拉来两张椅子给他们坐。"英格斯先生去小镇了，博斯特夫人好吗？她怎么没跟你过来呢？"

"我原本也没有打算过来。"博斯特先生说，"我们这次过来是想和这个小姑娘说说话的。"他的黑色眼珠子滴溜溜地转，直盯着劳拉看。

劳拉惊呆了。就像妈妈教她的一样，她坐得笔直，双手折放在大腿上，双脚藏在裙子底下。可是她仍然紧张得快喘不过气来。她不知道博斯特先生是什么意思。

他继续说："这位是卢·布鲁斯特先生，他们那里准备成立一所学校，需要寻找一位老师。他昨晚过来参加公开课了。他认为，劳拉就是他们想要寻找的老师。我告诉他，再也找不到比劳拉更合适的人选了。"

劳拉的小心脏似乎跳到了嗓子眼，而后又跳回去，一直往下沉啊沉。

"但是，我年龄还不够大。"她说。

"劳拉，"博斯特先生认真地对她说，"除非有人问起，没必要提起你的年龄。问题在于，如果取得教师资格证，你是否愿意到这间学校教书？"

劳拉说不出话来，她看看妈妈。妈妈问："这间学校在哪里，布鲁斯特先生？"

"距离这里有十二英里的路。"布鲁斯特先生回答说。

劳拉感觉，小心脏越沉越深。那儿离家太遥远了，那儿有太多的陌生人，她必须完全依靠自己，无法寻求任何人的帮助。只有到学期结束了，她才能够回家。十二英里路太遥远，频繁往返不现实。

布鲁斯特先生继续说："我们的社区非常小，周围还没有什么村庄。我们只能提供两个月的教学，每个月工资是 20 美元，包食宿。"

"这个工资还是比较合理的。"妈妈说。

劳拉心想，工作两个月，就能挣够 40 美元。整整 40 美元啊！她从未意识到，自己能够挣这么多钱。

"英格斯先生会听从你的建议的，博斯特先生，你说呢？"妈妈问。

"早在东区的时候，我就认识卢·布鲁斯特先生了。"博斯特先生说，"如果劳拉愿意，这是个不错的机会。"

劳拉兴奋得说不出话来，"我当然愿意！"她结结巴巴地说，"如果能够教书，我当然愿意！"

"那我们就要赶紧上路。"博斯特先生说完，与布鲁斯特先生一齐站起来。"威廉姆斯还在小镇，如果我们能赶在他回家之前见到他，就能请他过来，马上给你考一考试。"

他们和妈妈道别，匆匆离开。

"噢，妈妈！"劳拉惊讶得快喘不过气来，"您认为我能通过考试吗？"

"你一定行的，劳拉！"妈妈说，"不要太激动，不要太害怕，这不是什么大事，就当作是平常学校的考试就行，你一定可以的！"

不一会儿，凯莉大喊："塔来了——"

"应该说'他来了！'"妈妈的语气变得更加尖锐。

"'他来了'这听去不正确，妈妈……"

"应该说'这听上去不正确！'。"妈妈说。

"正从富勒五金店过来！"凯莉大喊。

门口传来一阵敲门声。妈妈打开门，一个身形健硕的男人出现在眼前。他面目和蔼，彬彬有礼。他向妈妈介绍说他是郡县教育局局长威廉姆斯。

"你就是那位想要考取教师资格证的姑娘吧！"他对劳拉说。"其实不太需要给你考试，我昨晚看了你的表现，每道题都答对，真的很棒啊！不过，我见你桌上放了石板作业本和铅笔，测试一下也无妨。"

他们坐到桌子前。劳拉依次完成数学题、拼写题和地理题。她朗诵了马克·安东尼纪念恺撒大帝之死的哀悼词。与威廉姆斯先生坐在一起，劳拉感觉轻松自在。她在石板作业本上图解句子结构，再从语法角度进行分析：

那边的山峰上，我看见一只老鹰在悬崖附近盘旋。

"'我'是主语，第一人称单数；'看见'是谓语，第二人称过去式；'老鹰'是宾语，由单数冠词'一只'修饰数量。"

"'那边的山峰上'是分词短语，地点状语；'盘旋'是不及物动词，是老鹰的谓语，修饰其动作，起形容词的作用；'在悬崖附近'是介词短语，形容盘旋的地点，地点状语，起副词的作用。"

仅测试了几个句子，威廉姆斯先生就已经十分满意了。"历史就不用再考啦，"他说，"我昨晚听了你讲述的历史故事，讲得很不错。然而，我必须给你扣点分，因为明年才能给你颁发三级以上的证书。我可以用笔和墨水吗？"他问妈妈。

"这边桌子上有。"妈妈指给他看。

他坐在爸爸的书桌前，摊开一张空白的证书。这会儿，除了他的衣袖与纸张轻轻摩擦发出的声音，周围一片安静。最后，他用手帕擦了擦笔尖，将软木塞塞回墨水瓶内，站起身来。

"这是你的教师资格证，英格斯小姐。"他说，"布鲁斯特先生托我告诉你，学校下周一开学。他周六或者周日会过来接你，视天气情况而定。你知不知道，那个地方距离小镇有十二英里？"

"我知道，先生。布鲁斯特先生告诉过我。"劳拉回答说。

"祝你好运！"他真诚地说。

"谢谢您，先生。"劳拉回答说。

他与妈妈道别后离开。这时，大家的眼睛都停留在资格证上。

教师资格证

金斯伯格达科塔教育局：

劳拉·英格斯，已通过考试，表现良好，品德优秀，现授予三级资格证。可讲授如下课程：

阅读、拼字、写作、算术、地理、英语语法和历史。

可在本地区任何一所学校任职，期限为十二个月。

金斯伯格郡县教育局主管乔治·A.威廉姆斯

1882 年 12 月 24 日

考试成绩：

　　阅读 62 分　写作 75 分　历史 98 分　英语语法 81 分　算术 80 分　地理 85 分

　　爸爸进来时，劳拉正握着教师资格证站在大厅中间。

　　"这是什么，劳拉？"他问道，"看起来，你好像担心这张纸会咬你一口。"

　　"爸爸，"劳拉说，"我已经是一名真正的老师了！"

　　"什么！"爸爸惊讶极了，"卡罗莱，这到底是怎么一回事？"

　　"请您读一读吧。"劳拉将教师资格证递给爸爸，坐了下来。"他根本没问我年龄多大。"

　　爸爸看教师资格证时，妈妈就告诉他关于学校的事情，他说："怎么会有这种事情发生！真令人难以置信啊！"他坐下来，慢慢将教师资格证重新看了一遍。

　　"太好了！"他说，"对于一个十五岁的小姑娘来说，这真的很不错！"他希望说得开心点，然而声音听上去却很苍白，因为又一个女儿将要出远门了。

　　劳拉无法想象，独自到十二英里以外的地方教书，生活在陌生人群中是什么滋味。她不想多想，不想离开，想得越少就越好。不管怎样，她必须离开，必须独自面对可能发生的任何事情。

　　"现在，玛丽就能买到所有需要的东西了，还能回家过暑假。"她说，"噢，爸爸，您认为——我能教书吗？"

　　"你一定可以的，劳拉！"爸爸说，"我对你有十足的信心！"